SEIZOENEN

Van Herman van Veen verscheen eerder
bij Alfabet Uitgevers

Moeders

Herman van Veen

SEIZOENEN

ALFABET UITGEVERS

2023

Omslagontwerp bij Barbara
Omslagbeeld © Arcangel/Miguel Sobreira
Auteursfoto Jesse Willems
Typografie binnenwerk Peter Verwey
ISBN 978 90 213 4223 8
NUR 320

alfabetuitgevers.nl

Alfabet Uitgevers vindt het belangrijk om op milieuvriendelijke en verantwoorde wijze met natuurlijke bronnen om te gaan. Bij de productie van dit boek is daarom gebruikgemaakt van papier waarvan zeker is dat de productie niet tot bosvernietiging heeft geleid.

Hoezo klein?
In je ogen past een heelal.

Inhoud

Voorwoord

Het komt door de geur van warm brood, de wind die je niet ziet, het meisje op de fiets, het is het daglicht door de bomen, schaduwen die dansen, de blote regen op mijn kale kop. Dat ik begin te fluiten, de kinderen ga bellen, stof ga zuigen. Het komt door hoe jij dan naar mij kijkt dat ik voor het eten nog een symfonie, een opera en een boek kan schrijven.

REGENREIS

je zingt
levenslang
op de woorden
die je spaarde
in het ene oog de zon
in het andere de maan

je loopt
en komt de mensen
tegen
kleine poppedeines
grote bimbams

je komt
elke dag weer
tijd tekort

zonder
zevendagenpillendoosje
en je telefoon
durf je
de deur
niet uit
je danst

op kousenvoeten
zo blijf je jong
voor je leeftijd

je leert
jezelf te leren
tegenspreken
je weet
almaar minder
zeker

je ziet
iemand
die zegt
dat jij nog van mij weet
hoe lief ik je
toen vond

probeert
rechtop te blijven lopen
en te hopen
mijn beurt
is niet voorbij

regenreis
vlokkenreis
bloesemreis

windreis
mistreis
laatste

Bruid

Begin vandaag aan mijn achtenzeventigste lente met een kopje thee, drie beschuitjes met roomboter, pure De Ruijter-chocoladevlokken en een vijfminuteneitje. Ergens op de wereld is iets fout gegaan waardoor het buiten ademloos grijs is. Gaaien kraaien, onkruid woekert. Sinds mijn vader dood is, schoffelt hij minder in onze tuin. Zijn wortels worden zichtbaar op mijn pad. Na het lezen van de ochtendkranten schilder ik op muziek van Johann Sebastian Bach een doek tegen het grauwe in twaalf kleuren geel. Misschien brengt het de zon terug. Verzin dan een slingerpad dat me terugvoert naar een parkje gelegen naast een industrie- en huishoudschool in Utrecht. Een jonge man, een fiets… Maar eerst...

...hier openen.

Op de drieënvijftigste verjaardag van onze oudste zoon zag ik na covidjaren mijn eerste bruid weer. In het vroege voorjaar van ons leven kwam ik haar in de gang op de montessorikleuterschool van juffrouw Boissevain tegen. Denk aan: 'We zeggen, laten we niet naar school gaan, als je naar school gaat begin je de wereld te begrijpen, dan breekt de pleuris uit.' Maar dat had de dichter Anne Vegter toen nog niet geschreven, dus hing mijn aanstaande bruid haar beige houtje-touwtjejas naast die van mij.

'Hallo. Van wie ben jij?' 'Ik ben van dat jongetje daar, dat met die blokkendozen speelt. En jij?' 'Van dat meisje bij het telraam. Wat zit er in jouw zak?' 'Knikkers en een mondharmonica. En in die van jou?' 'Ook knikkers en een paar elastiekjes.' Voor veerkracht, maar dat wisten we toen nog niet.

Een ogenblik lang keken we elkaar op die verjaardag aan, wat zal het geweest zijn? Vier seconden. Jaren vlogen door mijn hoofd. Onze handen in elkaar. Voorzichtige kussen, lachende vaders en moeders. Rivieren in Frankrijk, drukke winkelstraten in Londen, slapeloos New York. Trotse grootouders, een bakfiets vol meubilair, zitvlak op wielen, een vrolijk kijkende oma, vrienden die deuren in de grondverf zetten. Voorovergebogen kirrende mensen, boven bolle roze baby's in trappelzakken. Tranen van geluk. The Beatles op de radio. *Remember that I always. Be in love with you.*

Handtekeningen op een echtscheidingsconvenant.

Een van de laatste dagen in november, volgend jaar studeer ik af. Heb geen idee hoe mijn leven eruit zal gaan zien. Verliefd, verloofd, in ondertrouw en huwen, geen treinen missen. Vastigheid, anker, zekere baan, opgebouwd pensioen, een inkomen bij arbeidsongeschiktheid, een cockerspaniël, een aquarium vol maanvissen, een blauw Frans autootje voor vier personen, postzegels plakken. Met potlood op de achterkant van ansichtkaarten schrijven, waarop kiekjes en vrolijke groeten uit Giethoorn en Katwijk aan Zee.

Het Zevengebergte, de Ardèche, Noorse fjorden, een stereoset, kleuren-tv, een boekenkast, een eigen goud op snee Winkler Prins, controle over de dingen, regelmaat en duidelijkheid, recht op hoop, en toen kwam die man met die vraag: 'Zeg, Herman toch? Ik heb je laatst horen zingen. Wat denk je, zou je?'

Ben weer achttien, studeer viool, zang en muziekpedagogie aan het Utrechts Conservatorium. Wacht mij een lessenaar in een orkest, een plek in het koor tussen baritons, zal ik voor de klas staan en kinderen vertellen over hoe donker het is in sommige liedjes van Franz Schubert? Voor hen het licht aandoen, uitleggen hoe het komt dat de muziek van Wagner beter klinkt dan ze is. Eén ding weet ik zeker: ik wil dat het meisje op wie ik nu achter op mijn fiets zit te wachten naast die sombere huishoudschool voor 'meisjes uit den arbeidersstand', in dat leven voorkomt, sterker nog, de belangrijkste rol in mijn film krijgt.

Als je in een boek in elke letter de naam van een zeker iemand leest, wanneer je met een regenjas aan naar bed gaat omdat die jas naar een zeker iemand ruikt. Als je alleen maar denkt: waar zou die zeker iemand zijn en wie komt die zekere iemand daar tegen? Als je tot aan Addis Abeba met een zeker iemand mee wilt lopen, als je 's nachts wakker blijft omdat je de wekker moet controleren, omdat je voor geen goud je afspraak met een zeker iemand wilt missen, dan ben je verliefd. En schrijf je een gedicht dat begint met: 'In de palm van mijn hand zijn roodborstjes komen wonen en zo hoteldebotel voort.'

Ze zit op het ogenblik nog zeker anderhalf uur in de wat men toen de Puntenburg-spinazieacademie noemde, waar ze leert koken en haar vaardigheden worden bijgebracht die bij het huishouden van pas komen. Zoals het bijhouden van een huishoudboekje, strikken, naaien, wassen, poetsen, haken en handwerken en huis met haar houden.

Begin in mijn hoofd aan het schrijven van een lied. 'Wil altijd bij je blijven, alles voor je doen. Waar je heen gaat ga ik met je mee.' Denk: ik wil haar, misschien wil ze mij ook wel? Ga weer verder met mijn lied in de stijl van 'de krullen van haar haar'. En leg mijn zoenen op je neer als regendruppels op een stoep. Door jouw oogopslag dwalen mijn gedachten af. Ze vond het goed dat ik haar hier bij school zou komen ophalen, dus kauw ik nog een stukje gom. Ben zeker van mijn zaak.

Drie keer is immers iets met scheepsrecht.

Ik zat in de bioscoop met mijn studievriend Jurriaan te kijken naar *La Dolce Vita*, een Italiaans-Franse dramafilm van Federico Fellini. Terwijl ik dit opschrijf, schieten mij woorden van de choreograaf Hans van Manen te binnen: 'Bij alles wat ik maak komt, omdat ik van de mensen hou, altijd erotiek kijken.' Fellini verstond die kunst ook. Hield het tijdens de film niet meer van verlangen naar de blonde Rubens-weelderige filmster. 'Sorry, Jurriaan, zie je morgen wel op orkestklas.'

Stond stilletjes op van mijn stoel, snelde voorovergebogen door het donkere gangpad, stapte op het filmdoek in een Romeinse stadsbus en ging naast de toen Miss Zweden, Anita Ekberg, zitten. 'Daar ben je eindelijk.' Ze pakte mijn hand. We reden over kriskras wegen door de bergen naar een hotelletje aan de kust. Daar trouwden we. Ons huwelijk werd ingezegend door haar vader, pater Don Camillo/Fernandel. Nadat Anita me had verteld dat ze zwanger was, stierf ik in die bruidsnacht van geluk. Na mijn begrafenis fietste ze naar Rome en danste ze van verdriet met mijn schaduw in het water van de Trevifontein op een tango van Osvaldo Fresedo. 'Tot morgen,' antwoordde Jurriaan in het donker van de cinema.

Ja, ik had naast het in de wacht staan voor mijn aanstaande kleuterbruid wat verwarrende ervaringen met vrouwen, *zum Beispiel* Adelheid. Mijn eerste tongkus kreeg ik van haar. Hoog in de Alpen, dicht bij hemel zeven.

Ik was zeventien, zij zevenendertig. We waren allebei in een zomerse sneeuwbui vanaf een ander punt verdwaald. Hadden hetzelfde licht van die *Alpenhütte* gezien. Na een ijskoude douche zaten we naast elkaar voor een grommende open haard, vol vlammen, stookhout en dennenappels. Kon met mijn ogen niet van Adelheid afblijven en zij niet van mij. Van het een kwam het ander, van het ander dat ene. Weet nog dat ze bij ons afscheid zei: 'Eens zal het weer sneeuwen, kom je me dan tegen, blijf je dan bij mij?' Ik zag haar na vijftig jaar weer terug in Wenen na onze voorstelling in het Konzerthaus. Daar stond ze, in mijn kleedkamer, in haar rode regenjas en hoed, leunend op haar paraplu. Ze was tweeënnegentig en zei met een glimlach: 'Herman, wees maar niet bang, het sneeuwt niet.'

Dikwijls was ik in de jaren zestig smoorverliefd op meisjes die dat niet op mij waren. Dat schiet niet op. Wat één richting op beweegt, kun je niet omkeren .Hoe ik ook reed, hoe vaak ik ze ook op de fiets naar huis bracht, het liep dikwijls af met: 'Nou, bedankt, tot morgen.' Misschien had ik mijn banden moeten oppompen. Ik had het opgegeven, ziek was ik soms, ziek van verdriet. En die virussen heetten Ada, Truus, Dineke, Georgine, Brigitte. Maar deze oude kleuterliefde niet, deze bleef vanaf de fröbelschool als seringen aan een boom steeds weer opengaan en geuren.

Wil met haar wonen in een wat zonniger straat dan die van ons, een straat met lage huizen. Zodat je in de verte Engeland en daarachter Amerika kunt zien, wolken als schoeners aan ziet komen drijven, zwaluwen en vleermuizen ziet duiken. Je in de verte treinen hoort die overal naartoe rijden. Naar overal waar ik met haar wil zijn. Vond tijdens het opruimen van de zolder in de covidtijd een blijkbaar nooit verstuurd briefje.

'Misschien vind ik naar je kijken wel genoeg. Naar je haar, hoef er niet zo nodig een hand door te strijken, mijn neus erin te begraven, hoef je niet zo nodig te kussen. Geniet ervan het me voor te stellen. Dat geldt ook voor je borsten en je buik. Te weten dat ze bestaan en het kan op enig moment, op de grens van droom en slaap. Hoef niet zo nodig iets te zeggen als jij zwijgt. Heb mijn zinnen allang op je gezet. Tot morgen.'

Ben terug op de verjaardag van onze zoon. We doen een stap naar achteren, je vraagt: 'Waar speel je?' En: 'Gaat het goed?' Ik zeg: 'In Parijs, ja' en denk: je zegt niet dat we daar ook samen waren, dus vervolg je nadat je met een hand door je haar hebt gestreken: 'Ik zing in een koor, we repeteren nu voor de Mattheüs.' Ik denk aan onze passie en terwijl ik naar je kijk ook aan woorden in mijn dagboek:

Stil om ons. Een optocht ging voorbij. Daarna de zomer, met muggen en prikkende tranen, voor de deur verhuizers.

Ik ben ons nu een leven kwijt. In plaats daarvan kregen we tranen en zeker weten. Nadat we alles zorgvuldig verdeeld hadden, jij de dat's, ik de dit's. 'Het leven is gemakkelijk,' schreef Annie M.G. Schmidt, 'als je niet moeilijk doet.' Wij wilden geen tijd verloren laten gaan. Gingen op zoek naar een andere jij. Waar vind je die? Veraf? Dichtbij? En mag dat zomaar?

Nou, dag verjaardagsvisite, dag jarige grotemannenzoon. Dag zojuist verbouwde keuken, dag restje chocoladetaart, kringgesprek, dag kapstok, bedankt nog voor het dragen van mijn jas. Opa gaat naar huis een versje schrijven, voor ik het vergeet.

En soms gebeurt het dat je vrienden bent en dan geen vrienden bent. Je loopt gaten in de nacht, drinkt totdat de stoelen dansen. En soms gebeurt het dat er iemand van je houdt en dan niet meer van je houdt. Je vraagt aan een nachtvlinder of ze tot het daglicht wat van je wil houden.

En soms gebeurt het dat het wintert en dan niet meer wintert, dat je iemand tegenkomt die zegt: weet je nog dat wij, mijn alles om jou ging, jouw alles om mij. Wij dachten in dezelfde liedjes.

ALS ZE LACHT

als ze lacht
dan hangt
de was te drogen
aan de lijn

zingt Édith Piaf
op de Arbeidsvitamine

glanzen goudreinetten
in de schaal

staan seringen in bloei
geurt zeil naar boenwas

en komt mijn vader
over vijf minuten
thuis

Lampenist

De rook van de Canadese bosbranden waaiert uit over grote delen van Noord-Amerika, waardoor miljoenensteden als Toronto en New York kampen met verstikkende en naar sigaren stinkende luchtvervuiling. Ook in Noorwegen zijn de eerste rookwolken al waargenomen. Het einde is niet in zicht. Zie op de televisie beelden van een geel verduisterd Times Square. In de jaren tachtig en negentig speelden wij dikwijls in New York, in het Ambassador Theater, The Sylvia and Danny Kaye

Playhouse, Carnegie Hall en The Alice Tully Hall. Weet niet hoe vaak ik met mijn viool over Times Square ben gelopen. Vond de lucht toen ook al niet te harden. Nu is de hemel daar, zie ik op de tv, zo geel als vroeger bij oostenwind boven ons huis, dankzij de gore wolken van de gasfabriek. Zet de tv uit, denk aan professor Zonnebloem, de mentor van Kuifje, en val in slaap.

Kijk op de wekker, draai me om, heb nog vijf minuten, zo lang kan ik mijn ochtendplas nog wel ophouden. Hoor in gedachten de stem van mijn vader: 'De wc onder de trap is als ze gaan bombarderen de veiligste plek in ons huis. Wanneer de sirenes gillen op een andere dag dan op de eerste maandag van de maand, ren dan, ook als je niet moet, als de bliksem naar de wc.' De wekker gaat. Ik mag.

Terwijl ik in de lente van december – gisteren was het bijna achttien graden Celsius – op de tast mijn eerste plas doe, hoor ik de Turdus philomelos, de zanglijster, twierelieren. Luid, uitbundig, hoog gefluit, met die kenmerkende herhaling als in een sequens van Vivaldi: 'ie, ie, ie.' Lijsters houden van tuintjes achter huizen, dat van ons vandaag, dat van ons ooit in de Kievitdwarsstraat. Utrecht, Nederland, Europa, wereld, heelal. Als herauten van het voorjaar fluiten ze daar hun lieve lentelust. Ze scharrelen regenwormen op, fruit, insecten en slakjes uit hun huisjes, slaan die stuk op stenen, vaak op vaste stekken die tuinvaders op simpesampesompeklompen dan 'een smidse' noemen. Ik denk aan schijtlijsters en dat die meestal alleen terugfluiten.

Ik werd op straat in mijn jonge jaren 'vogel' genoemd, dat was omdat ik net als mijn vader altijd liep te fluiten. En natuurlijk ook omdat ik in de Kievitdwarsstraat woonde. De andere jongens werden 'knakker', 'rukker' of 'gozer' genoemd, behalve mijn vriend Joop. Wij noemden Joop 'gast', hij woonde in de Kwartelstraat en kwam vaak bij ons op bezoek.

Boven de bomen kleurt de winterlucht vandaag oranjeroze als op een aquarel. Buiten, lees ik op mijn weerapp, is het nu min drie. Later op de dag loopt de temperatuur op naar zo'n graad of zes. Een licht windje voert droge lucht aan uit het oosten. De richting waaruit ooit de wijzen kwamen. Van cher ami tot in de knie, a la berline postiljon. Lees op pagina drie van de vrijdagkrant een vraag: Valt dit soort grote aardbevingen niet adequater te voorspellen? Ik schud van nee.

Zie beelden op de televisie. Oker licht, lege straten, koude lucht. Iemand filmt vanuit zijn flat in de stilte voor de bevingen een hond die tevergeefs midden op een kruispunt jankend aanslaat. Hij ruikt wat er op zijn wereld afkomt. Vogels wachten hoog in bomen. Niet-opgehokte dieren vluchten naar de bergen. Er zou een verbod op kooien moeten komen. Op zowel die voor mensen als die voor dieren. Iedereen moet bij grote aandrang vrij naar zijn wc kunnen rennen.

Wanneer een regio door een aardbeving wordt getroffen, hangt af van hoe stukken gesteente in een breuk tegen elkaar aan liggen. Denk aan een gebroken pols, hoe sterk het bot is en hoe groot de spanning is die erop staat. Daar weet ik alles van. Brak door mijn geravot op straat, het voetbalveld en het toneel menig bot. Beven ligt in mijn aard.

We zullen waarschijnlijk het precieze moment van zo'n beving nooit kunnen voorspellen. 'Denk je eens in,' stelt geoloog Douwe van Hinsbergen, 'dat we dat wél kunnen. Stel dat iemand zegt dat er morgenmiddag om één uur een aardbeving van zeven op de schaal van Richter zal plaatsvinden in een bepaalde wereldstad, dan slaan er miljoenen mensen in paniek op de vlucht.' Is dat waarom we het niet weten kunnen, vraag ik me af. Gelukkig begrijpen we al decennia hoe je wel levens kunt redden. Je kunt inschatten hoe zwaar een beving in een breukgebied kan worden en daar de constructie van je gebouwen op afstemmen.

Bij de zeebeving van Fukushima in 2011, met die enorme tsunami, zagen we niet alleen hoe alle dieren er ver van tevoren vandoor gingen, maar ook hele straten met flatgebouwen als kaartenhuizen instorten zoals we dat nu in Turkije en Syrië zien. 'Het beste wat we tegen aardbevingen kunnen doen,' meent Van Hinsbergen, 'is zorgen dat we zo veilig mogelijk kunnen schuilen.' Lang leve onze wc.

Drie dagen na de aardbeving worden er in Turkije en Syrië nauwelijks nog overlevenden vanonder het puin gehaald. Een paar dagen later passeerde het aantal doden de twintigduizend.

In de krant van vandaag een bericht over een dreigende vulkaanuitbarsting vlak bij Napels, die een gigantisch gevaar voorspelt voor ruim vijfhonderdduizend Italianen. De mensen weten dat zij op een tijdbom wonen. Maar ja, de grond is daar nog betaal- en vruchtbaar.

'Het weer verandert,' mompelt de wederom opduikende stem van mijn vader tussen twee slokken koffie door. Ik keek naar buiten. In de lucht van de jaren vijftig zag ik niks veranderen. 'Hoe weet u dat, dat het weer verandert?' 'De vorm van de wolken wordt anders en ik voel het ook aan mijn eksteroog.' Een eksteroog, zo wordt in de volksmond een likdoorn genoemd. Een vaak pijnlijk naar binnen groeiende eeltplek. Mijn tante Jans had er een onder haar voet en ome Frans had er wat achter zijn ellebogen. Mijn vader kon naar de wolken kijken alsof hij ze geschapen had. Ik keek weer naar buiten en zag de luchtschepen boven de huizen niet veranderen. Ja, van plek en ook hoe Joop, mijn vriendje uit de Kwartelstraat – onze achtertuintjes grensden bijna aan elkaar – op onze schutting met zijn benen zat te bungelen.

Zijn tuin grensde aan die van de beroemde DOS (Door Oefening Sterk)-voetballer Dirk Lammers. In het portiek tegenover ons woonde beneden en boven een belangrijk deel van de Kanaries, zo mocht ik laatst in *Helden* vertellen, een tijdschrift over uitblinkers. De Kanaries, zo genoemd om hun geel-zwarte outfit. DOS, dé voetbalclub van Utrecht, aartsrivaal van Elinkwijk. Onze straat was opgedeeld in twee partijen. Links van de lantaarnpaal woonden de Dossers, rechts de Elinkwijkers. Buurman Dirk Lammers was een Dosser, de Memphis Depay van toen. Hij was middenvoor van zo zwart-geel als nu de lucht boven New York.

In 1958, ik was toen twaalf, werden zij in onze ogen de beste club van de wereld. In dat fameuze elftal speelden onder anderen Hans Kraay, Henk Temming, familie van de latere zanger van popgroep Het Goede Doel, Tonny van der Linden, voor hem zongen wij massaal 'DejOwEs zal zegevieren, Van der Linden, Van der Linden', Frans de Munck, bijgenaamd de zwarte panter – hij had het met Diana Dors (een seksbom van het witte doek) gedaan, werd er gejokt – en Louis van den Bogert, de postbode en voetballer die pal tegenover ons woonde.

Aan het hoofd van Dirk Lammers kon je van tevoren zien of DOS ging verliezen of winnen. Hij droeg zijn donkere haar strak achterovergekamd, zoals de destijdse Rotterdamse burgemeester van de nacht, Jules Deelder, maar bij Lammers zat er nog een golf in. Een slag. Hij leek een beetje op de jonge Frank Sinatra in *From Here to Eternity*. Eindeloos knap. Als DOS glansrijk zou gaan winnen glom dat haar. Dan zat er brillantine in of roomboter, was het dik en vet. Dan stond het vast. Als DOS ging verliezen was het droog en had hij er alleen maar een hand doorheen gehaald. Afgedroogd. Als DOS ging winnen had Lammers kuiltjes in zijn wangen en om zijn mond een mysterieuze glimlach. Als DOS ging verliezen waren zijn wangen strak en stond zijn mond in een 'zijlijn'. Destijds vulde mijn vader nog het voetbaltotoformulier in. Kwam hij bij DOS, dan werd ik eropuit gestuurd om te kijken hoe het haar op het hoofd van Dirk Lammers zegevierde of berustte. Zo ook in 1958, toen ze moesten spelen in Nijmegen, in de Goffert, om het landskampioenschap tegen Sportclub Enschede. 'En?' vroeg mijn vader. Brillantine. Dus een eentje.

Mijn vriend Joop uit de Kwartelstraat kon via het schuurtje van Lammers springen naar dat van de familie Janssen en dan balanceerde hij daarna als een koorddanser over de schutting naar onze tuin. Joop kon klimmen als een kat, we noemden hem naast 'gast' soms 'Tarzan'. Tarzan is een fictieve held die bedacht werd door Edgar Rice Burroughs, voor vrienden ERB. Zijn gespierde held verscheen vóór de films met Johnny Weissmuller in het tijdschrift *Tarzan of the Apes* in 1912. 'Toen Tarzan,' zo lees ik in een van mijn in een oude apothekerskast bewaarde en naar de tijd ruikende stripboekjes, 'nog te midden van de grote apen leefde, leerde hij alle dingen die hem in staat stelden in leven te blijven.'

Tarzan is de verweesde zoon van aristocratische Engelse ouders, John en Alice Clayton ofwel Lord en Lady Greystoke, die eind negentiende eeuw stranden aan de westkust van Afrika na een muiterij aan boord van het schip dat hen naar het continent brengt. Ze proberen te overleven in het oerwoud aan de kust. Wanneer zijn ouders overlijden, wordt Tarzan de mensenbaby door de apin Kala, die net haar eigen jong verloren heeft, geadopteerd en opgevoed. Tarzans echte naam is John Clayton, Lord Greystoke. De naam Tarzan (witte huid) krijgt hij van Kala. De enige mensen met wie Tarzan gedurende de eerste achttien jaren van zijn leven in contact komt, zijn de leden van een kannibalenstam. Een van hen, Kulonga, vermoordt Tarzans voedster-pleegmoeder Kala, waarna Tarzan bloedig wraak neemt. Jaren later vindt Tarzan in het hutje van zijn echte ouders een aantal kinderboekjes die zij met vooruitziende blik mee hadden genomen. Met behulp van de plaatjes en letters leert hij zichzelf lezen en schrijven. De eerste mensen die hij leert kennen zijn de jonge Amerikaanse Jane Porter ('Me Tarzan, You Jane'), haar vader en de Franse luitenant-ter-zee Paul D'Arnot. D'Arnot zal voor de rest van zijn leven ook Tarzans beste vriend blijven, en neemt hem mee naar de beschaafde wereld.

In mijn jeugd was Tarzan zo populair. Je kon allerlei wat je nu 'merchandise' noemt kopen. Tarzan-zwembroeken, Tarzan-shirts, -camouflagebroeken. 'Wil je zo'n bast als Tarzan, kom dan trainen bij boksschool Janssen en Janssen. Gegarandeerd dat alle Janes die anders heten op je vallen, als een kokosnoot.' Tarzan-bierviltjes, Tarzan-veters, Tarzan-knoopsgaten, Tarzan-ventieldopjes.

Misschien was Joop wel familie van deze aapmens. Niet alleen omdat hij zo goed kon klauteren en zwemmen, ook zijn haar zat net zoals dat van die gespierde Roemeense liftboy, filmster en zesvoudig olympisch medaillewinnaar Johnny Weissmuller.

Joop en ik zouden op een dag gaan vissen in de Biltse Grift op een van mijn vaders geheime visrijke plekjes. Papa was een enthousiast zoetwatervisser, kende alle stekjes van de Maarsseveense, Loosdrechtse en Woerdense plassen, oevers van kanalen, sloten en rivieren. Niet verwonderlijk, mijn vader was de zoon van een schippersvrouw. Het allerliefst liep hij met opgerolde broekspijpen te hengelen in de grootste sloot van Nederland, de Noordzee.

Wat Zandvoort is voor Amsterdam en Deauville voor Parijs, is Katwijk aan Zee voor Utrecht. In de jaren vijftig en zestig van de vorige eeuw kwam je in de zomers op het strand of de boulevard van Katwijk veel mensen tegen die je zaterdags ook op de lapjes- of 'bloemenmart' in het Utrechtse wel zag. Hengelend, maar dan anders.

In de buurt van Katwijk zou de Romeinse keizer Caligula, die van Asterix, ooit vanuit zijn castellum, in de volksmond Brittenburg, zijn invasie, 'slag met de schelpen', van Brittannië geoefend hebben. Nou, die schelpen lagen er op het strand van de badplaats nog in overvloed.

Samen met de zusters van mijn moeder werd er in onze jeugd achter de Katwijkse duinen en de Duitse bunkers een tenthuisje voor acht personen gehuurd waar we dan vervolgens met z'n zestienen twee weken in pasten. Ome Bertus, ome Wim en ome Frans, tante Rico, tante Rietje Jans, tante Sjaan, mijn vader en moeder en acht kinderen. Het geluid dat 's nachts in die tent geproduceerd werd, kun je het best omschrijven als dat van zestien mensen in een achtpersoonstent. Gekreun, scheten, geknor, boeren, gesnurk, wartaal, gesmak. Ome Frans, de marktkoopman die in zijn dromen damesklanten eigenhandig de jarretels en nylons met naad paste. Mijn vader die in zijn slaap 'Besame mucho' smachtte en ome Bertus die soms tussen zijn zagen door iets wat leek op een beige augurk in tante Sjaan wilde proppen. Maar Bertus had zo'n dikke pens dat dat alleen maar lukte als Sjaan als een heel grote plofkip boven op hem ging zitten. 'Wat doet u?' vroeg ik op een nacht geschrokken. 'Herman, wij hebben samen de hik,' hijgde mijn tante Sjaan rechtop.

Bij mooi weer waren we overdag tot het donker op het strand om te vliegeren, zandkastelen te bouwen, zeeschuim, het rugschild van een zeekat, lekkernijtjes voor de kanaries thuis te zoeken. Scholletjes te hengelen, garnalen te slepen, te voetballen, je in te smeren om niet te verbranden en te zwemmen door de grijze golven en aan de zeelucht op te drogen.

'Frans, waar was je al die tijd?' 'Ben heen en weer naar Engeland gezwommen, ergens zou nog een Romeins kasteel liggen.' 'En, al wat gevonden?' 'Een zeemeermin!' 'Ja hoor, jij wel.'

Zie mezelf weer met een schepje en een emmertje over het strand sjokken. Zeg tegen mijn vader, die met opgetrokken broekspijpen en een werphengel staat te vissen: 'Papa, we zijn mama kwijt. We hebben haar begraven, maar we kunnen haar nergens meer vinden.' Een glimlach kabbelt langs de rijen. Zwelt aan en laat mijn moeder weer even ontstaan.

Terwijl een lage zon schijnt en iemand een kindje leert lopen, een man met opgerolde pijpen een ijsje gaat kopen, er op een transistorradio iemand zijn hart binnenstebuiten schreeuwt, rent mijn vader met een onderbroek van mijn moeder naar de badmeester, die een herdershond heeft.

Als het waardeloos weer was, zaten we in onze tent of in die van de zondagsschool. Katwijk was destijds een orthodox 'bevindelijk' christelijk dorp, rijkelijk bewoond door leden van de HHK, de Hersteld Hervormde Kerk. Dus ook tussen het helmgras en de konijnen doken er mensen op om Utrechters op vakantie te bekeren. Een Katwijkse mejuffrouw nog in klederdracht, die op haar hoofd een wit kanten kapje vastgemaakt aan een glimmend oorijzer droeg. Het grootste deel van de godsdienstlerares bleef verborgen onder een schoudermantel, 'skoemantel'. Juffrouw Gerda vroeg mij op een grijze zomerse zeikdag: 'Wat wil je later worden, jongen? 'Iets wat je buiten kunt doen, of iets met muziek.' 'Speel je een instrument?' 'Ja, mondharmonica en ik heb vioolles van juffrouw Doornekamp én ik zit op de operetteclub van mevrouw De Vries. We repeteren nu het sprookje van de witte wolf, dat ben ik, maar eigenlijk een prins.' 'En jij? Dineke toch?' 'Ik word later kapster, net als mijn tante.' 'En jij, hoe heet jij?' 'Joop,' zei Joop. Joop en ik waren even oud, maar hij was een kop groter dan de spillebeen die ik in de jaren vijftig was. 'Bleekneus' noemde men mij soms en dat was geen indianennaam. 'Joop, en jij?' vroeg de juffrouw. 'Ik ga later net als mijn opa en mijn vader in de gasfabriek in Utrecht werken.'

Kreeg ooit een polaroid, gemaakt van een oker-zwart schilderij van James Ensor, *De lampenist*. Daarop staat Joop afgebeeld. James Ensor heeft zeker en vast nooit van Joop gehoord en hem toch geschilderd. Op het schilderij, olieverf op linnen, zie je een jongen van een jaar of elf, twaalf, helemaal in het zwart gekleed. Hij houdt met beide handen een koperen lantaarn vast en kijkt daarin hoopvol met een blik gericht op de toekomst. Zijn toekomst ligt, dat staat als een paal boven water, in de mijn. Het jongetje op het schilderij draagt net zo'n zwarte kolenboerenpet als ik ooit droeg en opmerkelijk grote schoenen, ze zouden van zijn vader kunnen zijn. Mijn vader werkte op een drukkerij. Hij kwam bijna even vies thuis als de vader van Joop uit de gasfabriek. Ik droomde er niet van om ooit op een drukkerij te gaan werken.

Uitgewaaid en als kreeften gekleurd kwamen we na twee weken zee, zand en schone lucht weer thuis in ons smalle huis waarvan alleen ik wist dat het veel groter was aan de binnenkant. Dat huis met de drie ruitjes in de voordeur, waarop handgeschilderd stond *Van Veen*, waarop een koperen opdraaibel en brievenbus zaten, die altijd glommen als ik weet niet wat, omdat ze elke week door mijn moeder met weerbestendig Erdal-extract 'minder poetsen – langer glans' bewerkt werden. Zo kwamen we dodelijk vermoeid maar vrolijk thuis in de vertrouwde walm die bij oostenwind van onze buren, de gasfabriek, kwam.

Het chemiebedrijf Chemours in Dordrecht – mijn oma sprak dat uit als sjemish – beweert dat het essentiële producten voor onze samenleving maakt. Onze chemie, zo kun je lezen op hun site, vormt de basis voor veel producten en technologieën waarop iedereen elke dag vertrouwt, zoals halfgeleiders, technologie voor schone energie, consumentenelektronica. Kortom, producten die zij als essentieel zien voor onze samenleving, de energietransitie en de lokale en wereldwijde economie. Essentiële chemie voor bijvoorbeeld fluorpolymeren, kunststoffen die op de markt worden gebracht onder de merknamen Teflon™ en Viton™.

Zag gisteren op tv dat de Sliedrechtse actiegroep 'Gezondheid voor Alles' zaterdag voor de maar liefst honderdste keer naar Chemours in Dordrecht gaat om daar te protesteren tegen de voortdurende uitstoot van kankerverwekkende PFOA/PFAS/Genx-stoffen, door wederom emmers met de door dat bedrijf vervuilde Sliedrechtse grond terug te storten. Normaliter doen ze dat met een paar emmers, maar deze keer met honderd. Dit om nogmaals hun grote bezorgdheid te benadrukken over de nadelige gevolgen voor de plaatselijke bevolking.

Een leeftijdsgenoot kwam aan het woord: 'Ik sta hier verdomme met mijn emmertje, desnoods mijn leven lang.'

Voor je moestuin, zo wordt gewaarschuwd, moet je daar in Sliedrecht geen oppervlaktewater gebruiken. Doe je dat toch, dan krijg je sla die straalt en een krop in de keel.

Terwijl ik voor een wel erg lang op rood staand stoplicht stond, omdat aspirant-verkeersregelaars in noodgevallen moeten leren het verkeer te regelen, moest ik denken aan wat ik laatst in de kranten las over kankeronderzoekers die een digitale atlas hadden gemaakt waarin je tot op postcodegebied de vierentwintig meest voorkomende kankersoorten in Nederland kon vinden. Landkaarten als bonte lappendekens met kleuren geven aan of een bepaalde vorm van kanker in een gebied vaker (rood), even vaak (geel) of minder vaak (blauw) voorkomt dan op basis van het Nederlandse gemiddelde kan worden verwacht.

Bij borstkanker en darmkanker is de kaart van Nederland bijna volledig Van Gogh-geel. Longkanker komt relatief meer voor in Amsterdam-Noord, Lelystad, Noordoost-Groningen en steden in Brabant. Diagnoses, zo schrijft *de Volkskrant* op 18 januari 2023, van melanoom, een agressieve vorm van huidkanker, worden vaker in kustgebieden gesteld. Rondom staalfabrikant Tata Steel in Kennemerland komt meer kanker voor dan gemiddeld, vooral longkanker. Mijn ogen zoeken op de kaart naar Katwijk, blauw zie ik, dus laag. De vakantiebestemming van mijn ouders blijkt, met de kennis van nu, destijds een verstandige keuze geweest te zijn.

Wij woonden in de jaren vijftig dus in de Vogelenbuurt vlak naast zo'n stankfabriek in Utrecht, die ook overdag donker als de nacht was, op de plek waar nu het Griftpark, in de volksmond het Gifpark, ligt. De gasfabriek draaide destijds op met schepen via de Biltse Grift aangevoerde steenkool. Het bedrijf leverde voor veel huishoudens gas voor verlichting en om op te koken. Teer voor straten en wegen, roet op onze daken en de witte en de bonte was, stof in onze longen en tot nadenken.

Zou er toen zo'n kanker-Bosatlas geweest zijn, dan zouden wij natuurlijk nooit van de brug in het water van die middeleeuwse Grift gedoken zijn, de vaart die langs de gasfabriek liep. Of Johnny Weissmuller/Tarzan nagespeeld hebben in onze witte onderbroeken, die als wij uit het water kwamen zelfs na de handwas nooit meer wit werden. Hoor nog de stem van mijn moeder terwijl ze een klodder groene zeep op mijn rug uitsmeert en me daarna in een teil tilt: 'Had nog zo gezegd niet te gaan zwemmen in dat gore water, je bent toch geen rat, geen otter?' 'Moriaantje zo zwart als roet,' zong ze dan, 'ging uit wandelen zonder hoed en de zon scheen op zijn bolletje, daarom droeg hij een parasolletje.'

In de jaren zestig, ik was toen begin twintig, werd de gasfabriek gesloopt. Daarna werd pas duidelijk wat de aanwezigheid van die onderneming met de Utrechtse grond gedaan had. De saneringskosten liepen op tot tweehonderdtachtig miljoen gulden. Het park werd daarmee het duurste hondenuitlaatgebied van Nederland.

Wat die rottigheid voor onze gezondheid heeft betekend weten we niet. Ik ben inmiddels een krasse bijna-tachtiger met hier en daar wat plak in de vaten, maar niet in die mate dat het mijn beweeglijkheid al te zeer in de weg staat. Mazzel. Mijn beide ouders werden tweeëntachtig, stierven kort na elkaar. 'Na jou, Hoeffie,' zei pa altijd al als hij de deur voor mijn moeder openzwaaide. Beiden voorgoed de deur door dankzij verstopte vaten en wat daar aan slijtage zoal bij hoort. Zonder die gasfabriek waren zij misschien nog bij ons, samen goed voor tweehonderdentien jaar. Wat er met Joop gebeurd is, geen idee. Misschien woont hij wel bij die mysterieuze Kavuru-stam in donker Afrika. Heeft hij de verloren stad Opar gevonden en is hij getrouwd met de hogepriesteres

La. Heeft hij het geheim van de eeuwige jeugd gevonden (het aminozuur taurine) en is nu de adoptieovergrootvader van Tarzans achterkleinzoon.

BLOOT GEDIERTE

de aarde gaat dood
door dat wonderbaarlijk bewegend gewas
de mens
een zwak vertederend
bloot gedierte
zelfs ratten hebben
nog nooit een stad verwoest

*

Grond

De toekomst bestaat om er vandaag een verleden van te bakken. Zoals de herfst doet met de zomer en Pierlala met het leven. Zoals jij deed met mij door niet om te kijken toen je door de regen langs het water wegfietste. Ik werd daarna zo dronken dat ik bovenstaande op de achterkant van een loodgietersrekening schreef, waardoor ik in de lente nog gebeld werd door mijn boekhouder. 'Moet ik daar iets mee?' vroeg hij. 'Sorry, nee, ja, ik zou dat over die herfst geschreven kunnen hebben, 't is niets, of ja, niet zo'n belasting, 't hoeft niet bewaard. Het zijn ondergesneeuwde woorden. Dat krijg je in de winter.' En wat zal er zitten in de belasting blauwe envelop? Hetzelfde als verleden jaar?

Je hebt iets te veel vooruitbetaald. Je krijgt een onsje terug. Zo dacht ik, begint dit boek. Maar teruglezend besloot ik met iets anders te beginnen. Een blanco envelop, vandaag vind ik dat nog steeds een prima plan.

Lieve God, ik hoorde van mijn opa dat u alles gemaakt heeft. Het heelal, de wereld, de zee, de bomen, mijn vader, moeder, zusjes, onze straat en mijn viool, het papier waarop ik schrijf. Ik weet, het is eigenlijk zinloos om u te schrijven. U heeft mijn brief toch al bedacht. Of?*

Dat *godt* staat niet voor onze God. In het Deens betekent *godt* goed. 'Het beste is niet goed genoeg' is een slogan van LEGO. Mijn kleinzoon komt uit school. 'Opa,' zegt hij, 'eerst ga ik legoën, dan vertel ik u een grapje.' 'Maar eerst ga je je handen wassen,' mompel ik. Lijk mijn moeder wel. Tien minuten later. 'Opa, er staan vijfentwintig mensen onder een paraplu, kent u hem al?' 'Nee.' 'Er staan vijfentwintig mensen onder een paraplu, toch worden ze niet nat. Rara, hoe kan dat?' 'Ik zou het niet weten jongen.' 'Echt niet?' 'Nee.' Het mannetje zegt met pretogen: 'Het regent niet.' In Nederland regent het vaak onophoudelijk.

Sloten en goten lopen over, de kelder staat dan chronisch vol, je kunt dan slechts door de tuin soppen.

De schapen staan zonder de paraplu van mijn kleinzoon met hun kont in de wind. Water gutst van hun vette vacht, mistroostig, somber. Als nieuwe handdoeken die niet drogen. Hoop op vorst, veel ijs, sneeuw, zodat de wereld licht wordt en we daarna kunnen uitzien naar de lente. Kan ik mijn kleinzoon een lente-legograpje vertellen.

'Weet je hoe een lammetje geboren wordt? Eerst komen de voorpootjes, dan het kopje en het lijfje en dan de achterpootjes en het staartje.' En het zoontje van mijn dochter zal dan vragen: 'Opa, wie zet dat lammetje dan weer in elkaar?'

Loop naar het aanrecht, schrijf het grapje op, zodat ik het niet vergeten kan. Mijn vrouw komt binnen met de boodschappen, begeleid door onze aanstormende binnenhuisarchitecten, de jonge honden Mark en Milan. Met verbluffende visie zijn zij onlangs begonnen ons interieur een volstrekt ander aanzicht te geven. Oude architectonische wetten als het samenspel tussen functie, constructie en schoonheid worden energiek genegeerd. Vanuit een schijnbaar natuurlijke chaos wordt er geschoven en verhangen. Gordijnen weggerukt, kussens komen tot leven. Stoelen schuiven als door een onzichtbare hand gestuurd voorbij. Lampen tuimelen, tafels grommen. Ze blijven voortdurend in de weer, doen voor ons nog onbegrijpelijke dingen. Vol overgave wordt onze woning veranderd in een mikado-chaosstijl. Niets staat meer waar het stond, niets ligt meer waar het lag. We zijn getuigen van een binnenhuisarchitectonisch mirakel. Milan heeft de visie. Mark doet het sloopwerk. We kijken met opgetrokken wenkbrauwen vertederd toe. En vragen ons zwijgend af of we er verstandig aan hebben gedaan de firma puppyherdershond in huis te halen.

'Herderspoezen bestaan niet, evenmin sint-bernardpoezen. Dat is jammer. Het moet een aardig gezicht zijn, een poes een kudde muizen te zien hoeden: een tikje hier, een waarschuwend mauwen daar, een enkele brutale muis aan het staartje teruggebracht. Het heeft niet zo mogen zijn. Een poes is nu eenmaal een roofdier. Hap, hap, hap, weg muizen,' schrijft bioloog en leeftijdsgenoot Midas Dekkers. Herdershonden bestaan wel. IJverig drijven zij de schapen voor hun baas bijeen, zonder ze een wolletje te krenken. Dat is raar.

Een hond is immers, net als de wolf, een roofdier. Maar een herdershond is niet bij zijn verstand: hij heeft liever een aai van zijn baas dan een hap van een schaap. 'De überhond,' vervolgt Dekkers, 'is de Duitse herder. Hondigere honden zijn er niet. De Duitse herder mag zich dan ook in een ongekende populariteit verheugen. Reeds meer dan anderhalf miljoen raszuivere exemplaren zijn in omloop. Gebruiksaanwijzingen zijn met tientallen in de boekhandel verkrijgbaar.'

Het is vandaag 17 januari 2023. Lichtbewolkt. Max. 4 graden, min. 1 graad. Rond twee uur wordt het naar verwachting zonnig. Op de voorpagina van de krant zegt de Russische Maria dat Poetin, de hellehond, haar leven verpest en dat zij het zijne wil verpesten. Ene Sylvia beweert met een knipoog dat vla van de duivel komt en suggereert dat als je het goedje niet meer eet je niets meer kan overkomen. Onder een foto van filmster, fotograaf en politicus Gina Lollobrigida lees ik dat de politie in 2022 bijna veertig procent meer bekeuringen heeft uitgedeeld aan gasten die onder invloed van alcohol of drugs reden. Men noemt dit zorgelijk. Onder het bericht vraagt iemand me in een advertentie met wie ik op reis ga. Hoor nu dat de afwasmachine aan het spoelen is begonnen. Mijn levenspartner praat zacht met haar Waalse moeder. 'Nee,' hoor ik haar in het Frans zeggen, 'vanmiddag, we gaan Mark vanmiddag begraven. Achter het beeldje van de engel.' Bij mijn zoveeljarig bestaan als artiest kreeg ik van de Nederlandse Vereniging van Schouwburgdirecteuren een bronzen engel van de Vlaamse beeldhouwer Julia Berger. Dit frêle wezen staat nu al zo'n twintig jaar bij ons in de tuin de struiken, de bomen, de dieren, ons huis en de familie te beschermen. 'We hebben Koert van buurvrouw Barbara en Henk van het geluid gevraagd de kuil te graven. Herman loopt nog met een nare hernia. Gaat al wel veel beter. Tijdens het spelen heeft hij nergens last van,' vervolgt mijn vrouw in haar gesprek. Er drijven schapenwolken over.

Terwijl ik de kranten uit de brievenbus haal, dwalen mijn gedachten af naar een schoolplaat. Zo'n plaat die in de jaren vijftig voor aanschouwelijk onderwijs werd gebruikt als illustratie bij de verhalen van de schoolmeester. Die J.B. Wolters-platen werden gemaakt naar tekeningen, schilderijen of aquarellen en op linnen of karton geplakt. Bij ons op zolder staat er nog een met een haas. Herinner me er een over de prehistorie, toen we onze doden niet begroeven om ze aan de wormen en de torren te gunnen of tegen het stinken van hun botten te behoeden, maar om ze te verstoppen, zodat ze niet door medemensen konden worden opgegeten. Wij geloofden toen dat als we de buurman opaten, we daarmee ook zijn macht, bezit en kracht inslikten. Toevallig of niet lees ik in de ochtendkrant:

'Oudste begraafplaats ooit gevonden in Zuid-Afrika. De homo naledi begroef zijn doden 300.000 jaar geleden al. Johannesburg. Lang werd gedacht dat homo sapiens en neanderthalers de enige mensachtigen waren die hun doden begroeven. Paleoantropologen stellen nu op basis van onderzoek in Zuid-Afrika dat homo naledi, een mensachtige die zo'n 300.000 geleden leefde, zijn doden ook al ter aarde bestelde.'

De bel gaat, voor de deur staan de grote mannen. Ze komen het spinet ophalen om daarna de kuil voor Mark te graven. Onze hond heeft vallende ziekte. Vanmiddag krijgt hij een spuitje. Daarna gaat hij zonder enige twijfel naar de hondenhemel. Zeker en vast. Want een lievere hond bestaat er niet. Hij zou 7 februari twaalf zijn geworden. Alle schaapjes daarboven opgepast. Het is gedaan met het zomaar in het wilde weg wat grazen. Architect Mark wil jullie altijd keurig met z'n allen in de hoek van het weiland.

Als je zegt 'uit de grond van mijn hart', vertel je iets uit het diepst van je wezen, met volkomen overtuiging en instemming. Als mijn oma dat vroeger soms zei, dacht ik als kind: daar past maar één handje aarde in. Een hart is niet groter dan de bodem van een wijnglas, niet groter dan een gebalde kindervuist. Dan zag ik in mijn verbeelding hoe daar op de bodem in het hart van mijn oma een plantje begon te groeien met minitomaatjes en vroeg ik me af: hoe zou je die kunnen plukken? Bovenlangs of onderdoor? Hoe krijg ik mijn vingers zo dun of mijn armen zo lang dat ik bij dat plantje kan?

'Waar kijk je naar, jongen? Heb ik een vlek op mijn blouse?' 'Nee, ik kijk naar de tomaatjes in uw hart.' 'Pardon? Wat ben je toch een vreemde jongen, hoe kom je daar nou bij?' 'U zei net: uit de grond van mijn hart.' 'O dat. Ja, mannetje, ik geloof uit de grond van mijn hart dat God deze wereld voor ons gemaakt heeft met de bedoeling dat wij van zijn schepping kunnen genieten, God hoopt dat wij voor de wereld zullen zorgen zoals je dat voor een baby doet of voor een poes.' 'Precies,' zei mijn opa de handelsreiziger en prediker toen hij de kamer binnenkwam met een arm vol zojuist in de tuin geplukte zomerbloemen. Hortensia's, zonnehoed, lupine, lavendel en klokjesbloemen. 'Herre, jongen, zoek jij maar een mooie vaas onder in het keukenkastje, voor deze geurende cadeautjes van Onze-Lieve-Heer. Ze komen uit de grond van zijn hart.'

Moest aan dit tafereel denken toen ik laatst in de krant een artikel over de woorden van opa's collega-predikant Rozemarijn van 't Einde las.

'Er zijn dominees in soorten en maten,' schrijft Gerrit-Jan Klein. Jan moet wel een mini-Jantje zijn, in *de Volkskrant* van zaterdag 11 februari. 'Preektijgers die niet van de kansel zijn weg te slaan en geestelijken die niets liever doen dan Bijbelpassages uitpluizen. Je hebt ook predikanten zoals Rozemarijn, die zichzelf "scheppingsactivist" noemt.' Lees dat Rozemarijn elke zondagochtend nog als voorganger in een kerk te vinden is, maar vaker en vaker de straat op gaat. Beter gezegd zít ze op straat om uit protest tegen het klimaatbeleid het verkeer te blokkeren. Ze heeft zich aangesloten bij een groep christenen die actief is binnen Extinction Rebellion. Ze wil ook dat al die christenen op de wereld door gaan krijgen dat ze een taak hebben, dat zij zien dat de opwarming van de aarde hemeltergend is.

Jan geeft Rozemarijn in zijn artikel de ruimte. 'In de kerk wordt gesproken over het koninkrijk van God, dat pas in de toekomst ten volle zal bestaan, maar waaraan we nu al mogen bouwen. De Bijbel roept gelovigen op om zich daarvoor in te zetten. In dat streven staat het omzien naar onze naasten en de schepping centraal. En niet het najagen van ons eigen geluk en winstmaximalisatie ten koste van alles. Die opvatting is het christelijk antwoord op de vragen waarop onze kapitalistische samenleving geen antwoord heeft. Juist in het klimaatdebat is zo'n visie voedend. Ik geloof echt dat wanneer Gods schepping zó vernacheld wordt als nu, je als gelovige niet kunt zwijgen.' Zonneklaar. Op dit moment gaat er meer geld naar activiteiten die onze lucht vervuilen dan naar het wegnemen van vervuiling. Rozemarijn vat haar handelswijze samen met de term gewetensvol leven. De werkelijke waarde van het leven zit niet in spullen of geluksmomenten, maar in een betrokkenheid bij wat er om je heen gebeurt. 'Geluk is maar een gevoel, geen doel, een mooie bijvangst.'

Bij het artikel staat een foto van de jonge vrouw. Ze kijkt ons met een ernstige glimlach aan, terwijl haar kat op de tafel achter haar lijkt te denken: schiet op, fotograaf, dan kan ik achter de muizen aan. Nee, poes, dacht ik, je moet blijkbaar eventjes wachten op een volgende gedachte. Wij mensen, voor jouw goede orde, zijn niet de kroon op de schepping, dominant wel. Bijvoorbeeld, gemeten naar gewicht zijn er nu tien keer zoveel mensen als wilde zoogdieren op de wereld. Dan reken ik jouw, jullie gewicht nog helemaal niet mee. Onze koeien, paarden, kippen, honden en katten zoals jij wegen bijna twee keer zoveel als wij.

'Mag ik dan nu van de tafel af?' 'Nee, nee, nog even blijven zitten, poes. Weet namelijk nu hoe ik de volgende scène in een kinderboek op ga schrijven. En dat wil ik je daarna nog kunnen voorlezen.'

Een boek over Anne, een ver familielid van jou. Geef me een uurtje, oké? Ga je wassen, versper iemand de weg, spin, soes, wacht, wacht. Luister, kat:

Baron Frans was in de weer met het verbranden van snoeihout, hij stopte met zijn bezigheden toen hij zijn vrouw met mij in zijn armen zag. 'Lieverd, waar bleef je nou? Wat heb je daar?' 'Een poesje.' 'Een poesje?' De baron trok zijn neus op. 'Je bedoelt een poesje? Een kat?' 'Ze was bijna verdronken. Een schipper had haar in een jutezak gedaan en overboord gegooid,' vertelde de barones. 'Ik heb haar meegenomen.' 'Toch niet om te houden?' 'Zeker wel.' 'Zeker niet. Hier met die kat.' 'Waarom? Wat wil je doen?' 'Die kat haar nek omdraaien.' 'Je bedoelt dat kleine lieve poesje?' 'Poesjes worden,' zei de baron net als die schipper, 'groot. Zo'n kat maakt vijfenveertig vogeltjes per dag dood.' 'Niet als je haar te eten geeft,' zei de barones. 'Zeker wel. Dan maakt zo'n kat vijfenveertig vogeltjes voor haar plezier dood. Je weet toch waar ik van hou?' 'Hagelslag?' 'Dat bedoel ik niet.' 'Whisky?' 'Dat bedoel ik ook niet.' 'Een goede sigaar?'

'Ja, maar dat bedoel ik niet.' 'Van mij?' 'Nee! Ik hou van vogels. Ik heb niet voor niets zo'n kostbare volière, vol buitengewone en onbetaalbare siervogels.' 'Je houdt van vogels en daarom zet je ze gevangen in een kooi, dat is toch niet natuurlijk?' 'Natuurlijk wel.' 'Natuurlijk niet.' De barones en de baron stonden wel tien minuten te kibbelen tot baron Frans zei: 'Als je die kat in huis haalt, dan ben ik gevlogen.' 'Je bedoelt...' 'Ja, dat bedoel ik.'

'Oké, opgeschreven en voorgelezen, nu mag je van de tafel af. Kssst.'

Volgens de administrateurs van de achteruitgang moet minstens dertig procent van de aarde de komende tien jaar worden beschermd. Dit om te voorkomen dat het massale uitsterven van planten- en diersoorten doorzet, met als gevolg einde verhaal. 'Poesje, van de tafel, onze biodiversiteit is in de laatste halve eeuw maar liefst achtenzestig procent afgenomen. Dus als je honger hebt, eet dan je brokjes en laat de vogeltjes en muisjes zoveel mogelijk met rust. Probeer je staart te pakken en ren maar achter je schaduw aan.'

Voordat de poes door haar kattenluikje naar buiten rent, miauwt ze nog: 'U deelt veertig procent van uw DNA met een banaan. Vijftig procent met een fluitvliegje, zevenennegentig procent met een orang-oetan. Zoveel anders bent u niet, meneer. Ga zelf van die tafel af.'

Het is, vrees ik, zoals de sterrenkundige Hubert Reeves het zegt. De natuur overleeft het wel. De mens is als hij wint verloren.

Schreef er voor de voorstelling die we op het ogenblik spelen een stukje over:

'Zag laatst een gast op de tv die vertelde van een tijd ver in de toekomst. De natuur had zich wereldwijd hersteld. Als gevolg van een zwijgende meerderheid die dacht dat het zo'n vaart niet lopen zou, woonden er geen mensen meer op aarde. Zelfdenkende robots deden wat ze sinds robotheugenis was opgedragen. In een verlaten huis zong elke avond naast een leeg wiegje een oppasrobot in een robotpyjama een machinaal slaapliedje.'

leg den Kopf auf meine Knie
so ist es gut liegen
kleine Kinder schlafen schon
große muß man wiegen

Kinder haben Spielzeug viel
spielen wann sie wollen
große sind sich selbst zum Spiel
müssen ewig wollen

mußt nicht fürchten
ich bin da, werd' dich nicht verstoßen
hast heut schon genug geweint
ganz wie alle Großen

hast geweint und hast geklagt
nun will ich dich wiegen
leg den Kopf auf meine Knie
*so ist es gut liegen**

's Avonds voor het eten gaan mijn vrouw en ik nog even kijken bij het verse graf van onze hond. Zie in de aarde verse sporen van wat reeënpoten. Gek idee, dat die kwispelaar, dat vrolijk blaffende wezen, daar nu de buiken vult van onderkruipertjes. Denk: met de jaren vallen mensen weg, bomen, dieren, plekken waar je speelde, temperaturen, seizoenen. De verandering blijft. Walter van de Volgelweide beschreef het al in de vroege Middeleeuwen. Ik zong het voort.

waarheen toch is verdwenen
jaar na jaar na jaar?
droomde ik dat ik leefde?
is er niets van waar?

waar ik in geloofde
was dat alles echt?
ik heb zo lang geslapen
dat het me niets meer zegt

nu ik weer ontwaakt ben
gaat boven mijn verstand
wat vroeger zo vertrouwd was
als mijn eigen hand
ik ben in deze streken
geboren en getogen
't is me zo vreemd geworden
alsof het was gelogen

de vriendjes waar 'k mee speelde
zijn traag en oud
de bossen zijn verdwenen
en het veld bebouwd

door vanouds bekenden
nauwelijks gegroet
loop ik me af te vragen
wat ik hier nog moet

dagen vol verrukking
heb ik hier beleefd
er is niets meer over
dat er weet van heeft
niets dat mij kan troosten
dan dit ene hier
in dezelfde richting
stroomt nog de rivier

Mijn vrouw en ik zijn op onze hoeve de eerste bewoners die niet van het omringende land leven. Meer dan vijfhonderd jaar waren hier rondom ons huis generaties nonnen en boeren in de weer. Al in die dagen trokken velen van hen naar de stad, waar ze zich lieten omscholen tot ambachtslieden of terechtkwamen in de handel. In de domstad Utrecht, bij helder weer, kunnen wij als we hoog in de bomen zitten de middeleeuwse torens nog zien. In de grachtenstad woonden destijds zo'n zevenduizend mensen. Dat zijn er nu dik vijftig keer meer.

Volgens het Centraal Bureau voor de Statistiek telt Nederland nu zo'n vierenvijftigduizend boeren. In 1950 waren dat er nog bijna zevenhonderdvijftigduizend. De landbouwproductie is in diezelfde periode vervijfvoudigd. Maar de nadelen van de geïntensiveerde landbouw worden steeds zichtbaarder. Omdat zoveel van dezelfde planten bij elkaar staan, zijn monoculturen gevoelig voor ziekten en plagen, die met pesticiden moeten worden bestreden. Monoculturen zijn ook kwetsbaarder voor perioden met droogte of juist veel nattigheid.

En juist door de opwarming van de aarde nemen dit soort extremen toe.

In *de Volkskrant* haalt Jean-Pierre Geelen een rapport aan van het Wereld Natuur Fonds. In het agrarisch gebied, ruim de helft van de oppervlakte van Nederland, blijft de natuurwaarde maar achteruitgaan. De afname van weide- en akkervogels, graslandvlinders en andere insecten kan alleen worden omgebogen met 'een fundamentele landbouwtransitie': minder intensief, biologischer en met aanzienlijk veel minder bestrijdingsmiddelen. 'Het is niet langer te verdedigen dat meer dan de helft van ons drukbevolkte land wordt gebruikt voor de productie van voedsel, met name vlees en zuivel, dat grotendeels wordt geëxporteerd.' Omgekeerde wereld.

Nederland exporteerde in 2021 voor 104,7 miljard euro aan landbouwgoederen. Wij importeerden in hetzelfde jaar landbouwgoederen ter waarde van 88,2 miljard euro.

Tijd verstreek. De herfst is in de buurt en dat kun je zien aan de akkers om onze tuin. Waar mais is geoogst, steken alleen nog wat bruine stoppels boven de grond uit. Even verderop staat verpieterd gras te wachten tot de lente weer begint. Het land maakt zich op voor een winterslaap. Een goudgeel gekleurde populier strekt zijn kruin naar de hemel. Onze ganzen gakken naar ganzen in de lucht die teruggakken. Ze blazen elkaar wind toe.

Vijfendertig jaar geleden zag ons bos er nog net zo uit als het kale veld ernaast. Dat geeft hoop. Het is indrukwekkend om te zien dat de natuur zich zo snel kan herstellen. Ach, wat groeit het leven goed, als het niet van mensen moet, denk ik oma-achtig.

Een kille herfstmorgen. Vannacht heeft het voor het eerst gevroren. De appels zijn van de bomen, de noten zijn geplukt, de kastanjes liggen te drogen. Dit was weer een jaar waarin boeren huilden om de droogte: mais roosterde op het land, aardappelen stonden te verpieteren.

Onze tuin heeft daar nauwelijks last van gehad; terwijl op de velden ernaast het water van de spaarzame regenbuien rechtstreeks van de kale harde grond de sloot in liep, nam de grond bij ons het regenwater op als een spons.

Het ooievaarsnest is leeg. Afgelopen zomer werd het nog bewoond door nijlganzen. Het staat in de schaduw van wat wij het spoorbos noemen, waar onder de hoge bomen soorten gedijen die het zonlicht schuwen. Er is een natter en een droger deel. De bomenstrook trekt insecten aan die voor de bestuiving zorgen en vogels die voorkomen dat rupsen een plaag worden, insecten mede geholpen door onze insectenhotels (Insect Inn). De padden uit de poel vreten de slakken op, de wezel en de vos houden de muizen in toom. In onze bosjes staan ook wat vreemde gasten. Bomen en struiken die ik op verjaardagen kreeg van mensen die dachten dat we daar plek genoeg voor hadden.

'Deerniswekkend' noemt ene meneer Van Eck de discussie over exoten; alsof in onze moderne wereld met zijn geglobaliseerde transport de natuur zich op patriottische leest laat conserveren naar de plaatjes in de Verkade-albums van Jac. P. Thijsse. Daar komt bij, zegt hij, dat vrijwel al onze moderne voedselgewassen exoten zijn.

Tomaten, mais en aardappelen hebben hun oorsprong in Zuid-Amerika, tarwe komt uit het Midden-Oosten, koffie uit Afrika. De Betuwse Elstar heeft zijn wortels in Kazachstan.

De witte walnoot en de kiwi groeiden hier honderdduizenden jaren geleden al, voor ze door de gletsjers in de ijstijd werden teruggedrongen naar het zuiden. Dat is lang voor Columbus ons de pieper bezorgde. Die landbouw zit op een grenzeloos dood spoor.

Het probleem blijft de verdichting van de ondergrond door zware machines. Bij ons in de polder rijden soms machines voorbij ter grootte van een bungalow. Zo'n vijfenveertig procent van de Nederlandse landbouwgrond is verdicht. Daardoor kan het grondwater niet bij de plantenwortels komen en loopt regenwater van het land af, zodat meststoffen niet worden opgenomen. Dik veertig procent van de stikstof die op de akkers wordt gebracht in de vorm van kunstmest, spoelt weg of verdwijnt in de lucht.

In ons bos staan ook wat bloemkolen. Een onschuldig cadeautje van ome Piet. Adam en Eva, weet ik van mijn opa, aten geen bloemkool. 'Bloemkolen zijn van na het paradijs.'

Vanochtend stond er paginabreed een foto van Allison Sales in de ochtendkrant waarop een indiaans-Braziliaanse Guarani-man met pijl-en-boog te zien is. Hij staat op een snelweg die dwars door zijn leefgebied loopt, met zijn rug naar de camera. Tegenover hem staat een cordon zwaarbewapende mannen achter schilden en waterkanonnen. De indiaanse jager demonstreert tegen een wet die de rechten van inheemse volkeren in Brazilië dramatisch inperkt. Een zoveelste inheemse genocide. Een aangrijpend beeld. Letterlijk een van de laatsten der Mohikanen.

’s Nachts droom ik – zo’n droom overkomt je – dat ik met mijn viool in opstand kom tegen een leger houthakkers die in Zuid-Duitsland een sparrenbos willen vellen. Probeer ze met een vioolpartita van Bach te verjagen. Mijn probleem is dat ik die partita niet kan spelen. Had ooit beter moeten studeren. Mijn vioolleraar had nog zo gezegd: ‘Als je niet studeert, dan komt er niets van jou terecht, dan speel je wat een ander wil dat je speelt.’ Gelukkig dribbelt Mark mijn droom in. Hij heeft vriendschap gesloten met Henk de Mol, de stiefvader van Alfred Jodocus Kwak. Henk leert Mark graven, Mark leert Henk kwispelen op de muziek van ‘Boer daar ligt een kip in ’t water’. ‘O ja,’ blaft Mark nog. ‘Sprak zojuist de wortel van een plant. Interessant. Hij vroeg of ik u wilde vertellen dat de schimmels die hier leven koolstof opnemen en er stikstof en fosfor voor teruggeven, dat de... Misschien moet u dit even opschrijven. De mycorrhizaschimmels, met een y, jaarlijks een hoeveelheid CO_2 opnemen die gelijkstaat aan een derde van de uitstoot door fossiele brandstoffen. Ze dempen zo dus het effect van klimaatverandering. Misschien kunt u er iets mee.' Henk bedankte hem met een verse tomaat uit de grond van zijn hart.

KRAAM

ik stond laatst voor een poppenkraam
zo zo zo
daar zag ik mooie poppen staan
zo zo zo
de poppenkoopman ging op reis
de poppen raakten van de wijs
ze deden allemaal
zo

Pop

Een knuffelbeer heeft gehoord dat hij een beer van vlees en bloed kan worden als hij het kind van wie hij is vermoordt. Zo begint het boek dat ik hierna niet zal schrijven zolang ik niet weet hoe dat goed kan aflopen.

Een baby is een pop die echt leeft.

Mijn vader kon bangelijk goed een marionet nadoen. Zo echt dat ik als vijfjarig jongetje dacht dat hij nooit meer mijn vader zou worden. Hij stapte dan houterig stijf als Pinokkio door de kamer. 'Mama, mama!'

'Jan, hou er nou eens mee op! Je maakt de kinderen bang.' 'O, zijn jullie bang?' antwoordde hij dan met een metalige luidsprekerstem. 'Dat hoeft toch niet. Ik ben maar heel even niet jullie papa, maar...' 'Jan, hou ermee op!' 'Oké, oké.' Dan werd hij even slap als een lappenpop en kwam hij als mijn vader weer overeind, strekte zijn armen en begon met iets anders engs. 'Goh, ik heb toch zoiets vreemds meegemaakt. Ik werd een marionet. En toen...' 'Jan, stop!'

Moest hieraan denken toen ik boven in de kinderboekenkast een boekje van Ot en Sien zocht.

In de slaapkamer van mijn oudste dochter – die nog is zoals hij was, ze kan immers ook na vijfenvijftig jaar zomaar thuis willen komen – staat een oude hoge boekenkast met glazen deuren. Daarin staan nog de jeugdboeken van mijn oma, die van tante Gé de bibliothecaresse, mijn ouders, van ons en onze kinderen. *De wind in de wilgen*, *Alleen op de wereld*, *Arendsoog*, *Bambi*, *Piggelmee*, *De kleine prins*, een van de best verkochte boeken ter wereld, *Afke's tiental*, *Jip en Janneke Eerste boek*, *Het fluitketeltje fluit*, *Momo*, *Alfred Jodocus Kwak*, *Benjamin* *de Beer*. Zocht de Indische uitgave van het ouderwetse *Ot en Sien in Indië* en vond *Pinokkio*.* Ben op de grond gaan zitten en heb het boekje in een zucht weer gelezen terwijl beelden van Walt Disneys film uit 1940 op de binnenkant van mijn schedel werden geprojecteerd. Mijn neus slonk omdat het zo waar was.

Een week later las ik een verhaal van de schrijver Arnon Grunberg in *de Volkskrant* over die mens geworden marionet. 'Zoals de Bijbel begint met de schepping van hemel en aarde, zo begint *Het verhaal van een marionet* met een weerspannig stuk hout dat in bezit komt van Gepetto, een arme opvliegende man.' Hij vervolgt: 'Het verhaal vertelt van een vader, houtsnijder van beroep, die een pop maakte ter vervanging van zijn zoon die bij een bombardement tijdens de Eerste Wereldoorlog is omgekomen.' Een creatie om verdriet mee te bespelen.

De marionet, lees ik, komt ruw aan zijn eind. Twee moordenaars die door Pinokkio worden aangesproken met 'Heren Moordenaars' hangen de pop op aan een ontzettend hoge boom. Om Pinokkio uit de dood te wekken verzon de schrijver een bloedmooi meisje zo schoon als de nacht, dat blauw haar heeft en een fee blijkt te zijn. Het feetje helpt Pinokkio daarna telkens weer als hij in nood zit. En in ruil daarvoor ontvangt ze

Pinokkio's liefde. Hij hout van haar, zij houdt van hem. Als de marionet een entreebewijs krijgt voor de mensheid eindigt het avontuur.

De verhalen van Golem, de uit klei geworden mens, Frankenstein gemaakt uit kadavers, Pinokkio uit hout, de robot uit van alles, gaan over pogingen van de man leven te scheppen buiten de baarmoeder. Buiten de vrouw om. Baren zonder dragen. Probeersels die kunnen worden begrepen als een poging te ontsnappen aan de sterfelijkheid.

In deze tijden van artificiële intelligentie is het oude verhaal van Pinokkio alleen maar indringender geworden. Het tijdperk van de mens met zijn hardnekkige en grote illusies over individualiteit, vrijheid en uniciteit loopt langzaam af. 'Laten we onszelf niets wijsmaken,' schrijft Grunberg. 'De toekomst is aan de marionet.' En hij vraagt zich net als Heinrich von Kleist, Carlo Collodi en ik af: wie is meer marionet, de pop of de mens? De marionet of mijn vader?

Een door mij bedachte Japanse kennis Hiroshi Isi Hiro – hij was een van de editors van de televisieserie *Alfred Jodocus Kwak* – heeft een computerprogramma gemaakt dat in staat is je dromen (het nut van dromen is dat je je tijdens het slapen niet verveelt) te visualiseren op flatscreens. Hij zet je een badmuts op met elektroden die je hersensignalen vertaalt in betekenisvolle beelden. Zo worden je dromen voor iedereen zichtbaar. Hij is laatst een nachtje bij me blijven slapen en heeft toen de mijne geregistreerd. De volgende ochtend wist ik niet meer wat ik gedroomd had, Hiroshi wel.

Na het ontbijt liet hij het me zien.

Ik werd wakker met het hoofd van een ander op mijn schouders en die ander, die mijn kale hoofd had, wilde daar zo snel mogelijk vanaf. De vrouw deed mijn hoofd in een mixer en vroeg me daarna zonder hoofd maar met een sprekende navel of ik ook een kopje soep wilde.

Op dat moment ging de deurbel. Op de stoep stond een hooiberg die vroeg: 'Hoi schat, herken je me nog? Ik was je kwijt.' Jezus. Ik droomde dat ik een speld was tussen de vingers van iemand die tijdens de avondvierdaagse in een EHBO-tent een fikse blaar onder de voet van Franz Schubert doorprikte en daarna opgelucht zong:

wat ik na mijn dood
het allermeest gemist heb
is dat strottenhoofd
waarmee ik zoveel zong

dood zijn is geen leven
als je niet meer zingen kunt
heb je nog een stem
maak er dan gebruik van

De bedrijven achter kunstmatige intelligentie zijn verwikkeld geraakt in een gevaarlijke race naar steeds krachtiger, digitale breinen, die niemand, zelfs hun makers niet, meer kunnen begrijpen, laat staan onder controle houden. Er zijn wel marionetten, maar geen spelers meer.

Wetenschappers van een universiteit in Texas hebben proefpersonen in een hersenscanner naar een verhaal laten luisteren, waarna een computer in grote lijnen wist weer te geven wat er verteld werd. Mijn verhaaltje over Hiroshi Isi Hiro heeft mijn voorstellingsvermogen allang verlaten. Dat weergeven lukte bovendien ook als de proefpersonen zich het verhaal alleen maar inbeeldden of wanneer ze een geluidloos filmpje bekeken. De vertaling (van de computer) was weliswaar niet foutloos, maar kwam vaak verbluffend dicht bij de werkelijkheid. Die computer bleek ook negen van de zestien gestelde vragen foutloos te beantwoorden.

De vrijheid van denken staat op het spel. Je gedachten, je gevoelens, je seksuele en politieke voorkeur, je dromen. Je waarheid, de lengte van je neus. Alles valt met de juiste apparatuur steeds beter zichtbaar te maken. In de roman *1984* van George Orwell staat dat de enige privacy binnen je schedel te vinden is. Nou, die tijd is dus geweest, begrijp ik. 'Het goede nieuws is,' zegt AI-godfather Geoffrey Hinton, 'dat we hebben uitgevonden hoe we onsterfelijke wezens hebben kunnen maken. Het slechte is dat wij dat niet zijn.'

Mijn moeder kon mijn vader nog vragen met dat marionettengedoe op te houden. 'Jan, stop, je bent geen pop.'

WIE

kan een dood meisje levend maken?
het leven is een ei
het valt
je krijgt het niet meer heel
het is als de regen
je raapt hem niet meer op
ze is naar de hemel en daar
komt tegenwoordig niemand van terug

*

In wezen

In een van mijn eerste voorstellingen deed ik een concertpianist na, een 'numerieke man' die het liefst op een telefoonboek plaatsnam. Zat hij te hoog, dan scheurde hij er simpelweg een blaadje uit. Dat soort telefoonboeken worden niet meer gebruikt. Jammer, denk ik, hoe bereik ik nu de vrouw wier brief ik misschien nog net op tijd las?

'Geachte heer Van Veen, in de hoop dat u mijn berichtje onder ogen krijgt en dat u mij niet brutaal vindt schrijf ik u om het volgende. Het gaat over mijn man. Hij is afgelopen december overleden. Hij was politieman en heeft tijdens zijn dienst in 2009 een hoge dwarslaesie opgelopen en als gevolg hiervan ruim dertien jaar in een rolstoel gezeten. Hij bleef positief, was een lieve echtgenoot en fantastische vader voor zijn kinderen. Hij is tot en met de laatste dag van zijn leven werkzaam geweest bij de politie. Collega's zien hem als een held. Zo zag hij zichzelf absoluut niet. Hij deed gewoon zijn werk. Zijn medemens in nood helpen vond hij de mooiste kant van zijn politiewerk.

Een aantal weken geleden kreeg ik te horen dat zijn naam wordt bijgeschreven in het monument in de Tuin van Bezinning in Warnsveld. Dat is een monument ter nagedachtenis aan politiemensen die tijdens diensttijd zijn omgekomen. Ik vind het een prachtig en ontroerend gebaar. Mijn man is weliswaar niet tijdens diensttijd omgekomen maar zijn overlijden is wel het gevolg van hetgeen hem in 2009 is overkomen.

Hoe mooi zou het zijn als ik een gedicht van u zou kunnen voordragen. Heeft u woorden voor deze "helden" dic "waakzaamheid en dienstbaarheid" richting hun medemens als motto hebben?

In de bijlage stuur ik u de aankondiging waarmee de collega's van mijn man op de hoogte werden gebracht van het feit dat zijn naam wordt bijgeschreven. Ik hoop van u te horen maar heb er uiteraard begrip voor als u niets voor mij kunt betekenen.

"Onze collega die in 2009 op een station door een man met onbegrepen gedrag werd neergestoken wordt op 8 juni ter nagedachtenis bijgeschreven in de Tuin van Bezinning in Warnsveld. Via zijn portofoon kreeg onze collega een spoedmelding. Iemand wilde zich op het station voor de trein gooien. Hij heeft dat weten te voorkomen maar niet dat hij zonder enige aanleiding door de verwarde persoon met een groot mes werd neergestoken met als gevolg een hoge dwarslaesie.'"

Las deze brief op 7 juni, veel te laat. Eén dag voor de dag dat haar man zou worden bijgeschreven. Waar vind ik haar telefoonnummer? Waarom heb ik er niet meer bovenop gezeten? Via via haar mailadres op tijd gevonden. Stuurde haar op de valreep een versje dat ik ooit schreef. Ze reageerde met: 'Het gedicht dat u mij in uw onderstaande mail stuurde, hebben wij toen op zijn rouwkaart laten afdrukken. Maar toch fijn dat u heeft meegedacht en de moeite heeft genomen mij te antwoorden.' Kon er pas van slapen na deze woorden.

IN MIJN WEZEN

als dit droefs
voorbij is
ga ik
altijd aan je denken
overal waar ik zal zijn

en als mensen
elkaar vragen
wie is dat
die daar
in het zonnetje

zal ik denken
dat zijn wij

jij en ik
ik en jij

GEDICHT

weet niet
waar ze woont
in welke stad
in welke straat
of ze een man heeft
of een vrouw
zorgt ze voor een oude vader

heeft ze een hond
een kat
een kind
bewaart ze
een geheim
weet niet
wat ze doet
waarvan ze leeft

weet niet
waar hij woont
in welke stad
in welke straat

of hij een man heeft
of een vrouw
zorgt hij voor een oude moeder
heeft hij een hond
een kat
een kind
bewaart hij
een geheim
weet niet
wat hij doet
waarvan hij leeft

er danst een vrouw
op het perron
in gedachten
met een man
op het perron

er danst een man
op het perron
in gedachten
met een vrouw
op het perron

geen spoor
van treinen
die reizen naar
waar het begon

Violen

De enige flessen die je in het water mag gooien zijn flessen met briefjes.

Dag sparrenboom, ik schrijf u, als moeder van mijn viool, omdat ik u in het bos zag staan. Wilde een tekening van u maken, maar u bent te groot voor mijn papier. Dit is dus geen tekening van u, maar van dat boompje dat naast die oude beuk staat. Een als het ware violino piccolo.

Op het nieuws een vrolijke koningin Maxima in Brazilië. Geen vuiltjes aan de lucht. Even later een correspondent ter plekke, honderden kilometers verderop.

'De Amazone is van ons, niet van jullie,' zei oud-president Bolsonaro. Daar had hij ongelijk in. De Amazone is van immens belang voor het mondiale milieu. Dat betekent dat de Amazone niet louter een Braziliaanse verantwoordelijkheid is. Te veel bossen worden gekapt ter wille van de veeteelt en de teelt van soja voor de productie van veevoer. Een toenemend deel van deze landbouwproducten wordt geëxporteerd. China is verreweg de grootste klant. Ook gaat er een deel naar de lidstaten van de EU.

Volgens Europese regels mag deze Braziliaanse import niet afkomstig zijn uit een gebied dat recentelijk is ontbost, maar Braziliaanse boeren weten deze regels met allerlei trucs te omzeilen. De EU doet er goed aan haar toezicht op de import van Braziliaanse landbouwproducten te verscherpen in samenwerking met de nieuwe regering van president Lula. Het regenwoud gaat ons allemaal aan. De Amazone is van ons.

Hoe leg je zoiets aan je kleinkind uit? Luister. Er wordt in een warm land op de grens van twee tuintjes, zeg maar van de families Wij en Zij, Hullie, Lullie of hoe zeg je dat? Hunnie, Kannie of nou ja... olie gevonden. Dat spul waarvan bijvoorbeeld benzine wordt gemaakt. Dat goedje dat opa in zijn tank spuit. Van wie is die olie?

Niemand die het weet. Ook de rijdende rechter daar komt er niet uit. De buren gaan om de olie vechten. De buren die met elkaar vechten worden geholpen door weer andere buren. Ze roepen: 'Wij hebben gelijk!' En: 'Wij hebben gelijker!' Er ontstaat een echte oorlog, olie op het vuur van elke buur. Sommige buren vluchten voor de bommen en granaten helemaal naar ons toe, het rijke Nederland. Daar waar wij wonen en veel geld betalen voor zulke olie. Snap je? Nee, ik eigenlijk ook niet.

Soms kijk ik naar iets alsof het al een herinnering is. Dan moet ik snel aan iets anders denken, want mijn hoofd zit al stampvol.

Op het ogenblik bevinden zich in mijn hersenpan achtenzeventig jaar herinneringen. Voor mijn eerste jaar had ik nog alle ruimte. Voor elk jaar daarna steeds minder plek. Probeer nu plaats te maken door zoveel mogelijk te vergeten. Lukt me dat niet, dan schrijf ik dat wat ik kwijt wil op, zoals in dit boek. Zodat het papier gemaakt van bomen mijn herinneringen zal bewaren. Jaarringen vol aantekeningen. Ook zing ik het in sommige gevallen van de daken. Kan ik u aanraden. Mensen die zeggen dat ze niet kunnen zingen zijn doof. Die moeten naar de oorarts, die doet vervolgens wat hij kan en daarna geloof je ook dat je kunt zingen. Zingen wordt overal gedaan. Onder de douche, tijdens een verjaardagsfeestje, bij een concert, voor de kerk uit, in een koor achter de muziek aan. Wie zingt er niet keihard mee in de auto omdat niemand je dan hoort? Zingen is heerlijk ontspannend. Je stem is een uniek instrument, misschien wel het meest veelzijdige en complexte van alle. Ja, kwelen is leuk om te doen en van zingen knap je reuze op, krijg je energie. Tijdens het galmen maakt je lichaam endorfines aan waardoor je je vrolijker en kwieker kunt voelen. Iedereen kan zingen.

Van alle wezens die ik ooit heb leren kennen is mijn collega Kakofonix uit de wereld van Asterix misschien wel degene die het allermeest van zingen houdt. Hij is de bard van het dorpje waar Asterix en de zijnen wonen.

Kakofonix staat vooral bekend om zijn slechte zangkunst. Zijn gezang wordt niet gewaardeerd door zijn stamgenoten en zelfs dieren gaan ervoor op de loop. Zelf is hij echter van mening dat hij juist heel mooi zingt. Als zijn stamgenoten hem de mond snoeren, is hij altijd diep verstomd. 'Stelletje barbaren,' prevelt hij dan nog net.

Tip: Ben je het zat? Zing! Zingen is in wezen klank maken op uitademing. Om een zin uit te kunnen zingen moet je je adem doseren. Zo train je je ademhaling en verbeter je je longfunctie. Als je zingt, is je hele lijf actief. Naast je longen en je middenrif worden vooral ook de buikspieren en de tussenribspieren getraind. Steeds meer door wetenschappers verzamelde bewijzen tonen het positieve effect van zingen aan. Zingen verhoogt je cognitieve prestaties en vermindert je fysieke en psychologische stress. Speekselmonsters genomen na koorlessen bevatten stressverlichtende oxytocinewaardes. Je bloedsomloop wordt gestimuleerd, een efficiënte ademhaling doet dat met je stofwisseling en de bloedcirculatie van je organen en je hersenen.

Mijn zanglerares zei het al: 'Zingen maakt je slim en streelt je ziel.' Wel, nu bent u ook op de hoogte van mijn publiek geheim.

Hoe ging dat toen? Je bedoelt...? Ja! Je vader zei: 'Hij heeft talent.' 'Wie?' vroeg mijn moeder. 'Herre.' 'Wie zegt dat?' 'Gregor Serban.' 'Van dat zigeunerorkest? Hoe weet hij dat?' 'Het jochie danste op hun muziek toen ze aan het repeteren waren, in een soort trance. Ik zou een instrument voor hem kopen zolang het geen trompet is.'

Stel je bent tien jaar. Je kunt zingen als een meisje. Je zangjuf die zo mooi is als een plaatje neemt je in je dromen mee naar een kerkje in Londen om daar voor een beschuitjes etend publiek van mannen en vrouwen in geruite rokken en geblokte sokken en een paar dozijn gestippelde jachthonden een liedje te zingen, bijvoorbeeld:

Down by the salley gardens my love and I did meet;
She passed the salley gardens with little snow-white feet.
She bid me take love easy, as the leaves grow
on the tree; But I, being young and foolish,
with her would not agree.

In a field by the river my love and I did stand,
And on my leaning shoulder
she laid her snow-white hand.
She bid me take life easy, as the grass grows
on the weirs; But I was young and foolish,
and now I am full of tears.

Jammer dat ik u op dit papier de wonderschone melodie bij deze Engelse woorden niet kan laten horen.

Een reisje van drie dagen en twee nachten. Je fietste de ochtend ervoor met je vader van de Kievitdwarsstraat via Zuilen, Maarssen, Breukelen, Loenen binnendoor naar Schiphol. Je was er keurig op tijd, tien minuten voor vertrek. Pa zette zijn fiets in de fietsenstalling vlak naast het vliegtuig. Je liep over een rode loper, liet je knipkaart zien. Een man met een blauwe pet op vroeg aan je vader: 'Is dat uw zoontje? Of dat je vader is, hoef ik niet te vragen,' lachte hij. Je mocht met je rugzak in het vliegtuig stappen, niemand die zo nodig moest kijken wat daar allemaal in zat. Aan boord vroeg een juffrouw in haar zondagse jurk op hoge hakken wat je wilde drinken en eten. Chocolademelk, een broodje kaas en een Mars alstublieft. In je buik ruimte genoeg.

Het vliegtuig vertrok. Reed snel, sneller, snelst. Even later vloog je boven de wolken. Omdat daar altijd de zon schijnt schoven ze het dak open. Nadat je je broodje had opgegeten en je *Sjors & Sjimmie* uit had, zakte het toestel langzaam hobbelend door de stapels wolken naar het vliegveld van Londen. Onderaan de trap wachtte je zangjuf in een bloemetjesjurk naast een Engelse tandem. Er kon niets gebeuren. Je fietste aan de verkeerde kant van de weg, gelukkig deed iedereen dat. Je reed langs het kerkje waar je morgen als dat meisje mocht gaan zingen.

'Prachtig gezongen, ventje,' zei een oude dame de volgende dag. 'Jammer dat er geen viool bij was. Ik hou namelijk erg van violen die erbij zijn.'

‘Volgende week krijg ik een viool,’ vertelde ik de vrouw. ‘Maar dat wist alleen God, voor mij is het nog een verrassing. Meneer Abraham Mok, het hoofd van onze montessorischool, heeft hem al opgehaald bij de vader van Laurens. Hij is een dokter die in het Wilhelminapark woont, hij spaart postzegels, heeft een radio met een geel knipperend oog, en twee violen. Ik ga met die van mij heel blij zijn en er best goed op leren spelen. Droom ervan ooit de vioolpartita’s van Bach te kunnen spelen, maar die zijn waarschijnlijk te moeilijk voor mij.’

Als ik achtenzeventig jaar ben, hou ik hem op het toneel als eerste stuk na de pauze met mijn rechterhand trots in de lucht en zeg dan: ‘Met niemand ben ik zo lang samen als met mijn viool, achtenzestig jaar verstreek.’ ‘Dat is een tijd,’ mompelde de dame. ‘Fijn, dan moet ik nu wat langer blijven leven zodat ik je in 2023 nog kan horen zingen en vioolspelen.’

‘Waar gaat u heen?’ vroeg ik aan de vrouw, die haastig wegliep. ‘Ik moet het mijn kinderen vertellen. Ze hadden er min of meer op gerekend dat ik binnenkort zou doodgaan.’ ‘Waarom?’ ‘Ach, erfenissen en zo.’

Sta een leven later op Schiphol in de rij voor het controleren van mijn bagage. ‘Dit is mijn handkoffertje en dat mijn vioolkoffer,' zeg ik tegen een streng kijkende mevrouw in een uniform. 'Die vioolkoffer moet open,' mompelt ze. 'Wat zit er onder dat klepje?' vraagt ze, als zo'n échte veiligheidsmedewerkster. 'Een blokje hars voor mijn strijkstok, een plastic doosje met daarin een kleurenplaatje van Maria, de moeder van Jezus, een reservekam en in die zakjes zitten spiksplinternieuwe snaren.'

Ze haalt de snaren uit het voorvakje en loopt daarmee naar haar baas. Ze fluisteren. Als ze terugkomt zegt ze: 'Die snaren mogen niet mee.' 'Pardon?' 'Die snaren mogen niet mee.' 'Maar,' weet niet wat te zeggen, 'denkt u dat ik er iemand mee wil wurgen?' 'U kunt uw viool meegeven in het bagageruim, dan mogen die snaren gewoon blijven zitten.' 'U bedoelt met al die koffers die in het ruim gesmeten worden?' 'Ja.' 'Dat overleeft mijn viool niet. Laat maar zitten.' 'Dat gaat niet,' zegt de vrouw. 'Ik bedoel, houdt u die snaren maar.'

Even later zit ik in de lobby voor vertrek ongeduldig te wachten terwijl ik een verdacht zwetende man in de gaten hou. Wie belt hij nu, vraag ik me af, zo haastig, zo vlak nog voor vertrek. Wat zoekt hij in zijn tas? Zit hij een pistool te printen? Waarom zit hij zo lang op de wc? Waarom stapt hij als laatste in? Waarom kijkt hij over zijn schouder? Waarom heeft hij een plaats naast de nooduitgang? Mochten zijn snaren wel mee?

Die avond spelen wij in The Dutch Church in Londen. Die Nederlandse kerk is het gebouw van de oudste Nederlandstalige protestantse gemeente ter wereld, gelegen aan Broad Street in het historische hart van Londen. De kerk staat op de vroegere plaats van een augustijnenklooster (*Augustinian friary*) uit de dertiende eeuw.

Op mijn kaptafel daar in de kleedkamer ligt een stapeltje nieuwe snaren. Word weer boos als ik ernaar kijk. Zie achter mij in het spiegelbeeld van de kapspiegel een foto van een strand. Als ik iets ga verzitten lijkt het alsof mijn viool op het strand onder de zon op de foto ligt te broeden. In mijn verbeelding kruipen er kleine viooltjes als krabbetjes onder mijn strijkinstrument vandaan naar het symfonieorkest waarvan de leden op een vlonder op de golven deinend hun instrumenten stemmen. De dirigent loopt van een prent in een statenbijbel over het water de dirigentenbok op en telt af voor de zoveelste van Bruckner.

Iemand klopt op de deur en zegt: 'Kwartiertje.' Ik zing die avond als een ouder meisje voor een publiek dat vooral bestaat uit geïmmigreerde witte Zuid-Afrikaanse dames en heren in donkere pakken en bonte bloemetjesjurken.

Loop na het concert met mijn viool van het kerkje naar het Thames Hotel. Vanuit mijn hotelkamer kan ik de Houses of Parliament zien waarboven een bijna perfecte ronde maan hangt. Met een beetje lange arm kun je hem aanraken. Besluit de gordijnen die nacht open te laten. Knip de tv aan, kijk en luister naar een Britse boswachter met een snor tot aan zijn oorlellen.

Vijftien jaar past hij al op bomen in een koninklijk park en nooit zag hij de eiken zo snel na elkaar het loodje leggen. 'Deze heeft,' zegt hij, 'het tweehonderd jaar prima gedaan, in alle ruimte aan de rand van een dal. Maar hij is nu morsdood.' De boswachter ziet de exponentiële sterfte als een kantelpunt, de decennialange ophoping van stikstof begint de afgelopen jaren serieus slachtoffers te maken. Vooral ook door droogte, als gevolg van de dramatische klimaatverandering. De bodem verzuurt, belangrijke mineralen als calcium, kalium en magnesium spoelen simpelweg naar het grondwater, legt hij uit. In de diepere lagen valt zo minder voeding te halen. Eiken peuren die uit de toplaag met stikstof, dat als een soort meststof fungeert. Hierdoor wortelen eiken steeds minder diep, wat funest is in droge tijden. Dan kunnen ze immers niet meer bij het grondwater.

Zie in gedachte Ossip Zadkines beeld in Rotterdam, van die in de lucht reikende man. Als de eik valt, kantelt het ecosysteem. Na de reclame volgen op dramatische muziek documentairebeelden van afknappende bomen. Ik breek. Val in slaap en droom van de laatste viool op aarde gemaakt uit de laatste kerstboom. Bespeeld door de laatste Janine Jansen.

ONGELOOF

je stem staat
nog steeds
op het antwoordapparaat
je brief ligt op tafel
een lach in mijn gedachten
je hand in de mijne
ongeloof
in onze ogen

staar uit het raam
een oud stel
wandelt in het winterlicht
over de kade

een schip meert aan
een rondvaartboot vertrekt

een meisje op een fiets
verliest haar sjaal

Zebrapad

Lees: 'Moskou was dinsdag voor het eerst doelwit van een grootscheepse droneaanval.' De meeste drones werden als kraaien in een kersenboomgaard uit de lucht geschoten, maar zeker drie kwamen er neer op woonflats. De Amerikaanse regering liet het daarop bij een korte verklaring: 'We hebben het nieuws gezien en verzamelen nog steeds informatie over wat er is gebeurd. Over het algemeen steunen wij geen aanvallen in Rusland.' Deze zuinige reactie van het Witte Huis werd beantwoord door een felle aanval van de Russische ambassadeur in de VS. 'Dit is een aanmoediging voor Oekraïense terroristen.'

Ooit vertelde mijn vader mij als kleine jongen dat, als je een ster zag vallen, je een wens mocht doen die in vervulling zou gaan als je hem niet uitsprak.

Ik wens nu al zo'n zeventig jaar telkens weer, als ik een ster zie vallen, iets wat ik niet uitspreek, maar wel denk. En nooit is een van die wensen uitgekomen. Toch blijf ik het doen, voor je weet maar nooit.

Mijn eerste wens was een fiets. Een rode. Waarmee ik zou kunnen oefenen om later de Tour de France te winnen. Die wens kwam niet uit, tenminste... Ik kreeg er wel een, maar dat was de derdehands damesfiets van mijn oma, mijn tante, mijn zusje.

Mijn vader had speciaal voor mij blokken op de trappers gemonteerd zodat ik er met mijn voeten bij kon. Vond het maar een truttenfiets. Bij de volgende vallende ster wenste ik voetbalschoenen. Ook die wens kwam niet uit. Wel kreeg ik een paar afgetrapte kicksen van mijn ome Frans, voetbalschoenen met stalen neuzen. Maar die waren zó krom dat ik er alleen maar ballen mee in de lucht kon schieten. Óf dat verhaal van mijn vader was een sprookje, óf ik dacht mijn wensen verkeerd.

Ik was zeven jaar. Mijn moeder vierde haar verjaardag. Iedereen zat in een kring in de voorkamer met tompoezen van de Lubro en koffie. De vrouwen praatten over ditjes en datjes, de mannen over de oorlog en de moffen. Ik zat op de grond, luisterde met een half oor terwijl ik met mijn ogen probeerde een mier in het hoogpolige tapijt te volgen. Hoorde mijn naam. 'Dat was vlak nadat Herman geboren werd,' zei mijn moeder. 'Wat was er toen?' vroeg ik. 'Toen was de oorlog afgelopen en werden we bevrijd door de Canadezen, Polen, Marokkanen en Yankees.' Yankees betekent de Jannen en de Kezen. Vernoemd naar Nederlandse geëmigreerde neven.

'Toen was er gelukkig weer te eten. Ik kon het woord koolraap of suikerbiet niet meer horen,' grinnikte mijn ome Henk. Er werd gelachen.

Koolraapsoep, koolraappap, koolraapsla, koolraapbrood, koolraapstenen om door de ruiten van NSB'ers te gooien, alles maakten we ervan. Zonder die koolraap zouden we allemaal zo dood als een pier zijn. 'Zo zie je maar, jongen,' mompelde ome Frans. 'Jij bent niet uit een bloemkool gekropen, maar uit een koolraap.' Je bent geworteld uit de wortel van een plant die geen bloem kan worden.

's Avonds laat in bed vroeg ik aan mijn vader of ik ook écht doodgegaan zou zijn zonder koolraap. 'Dat zullen we nooit weten omdat we bevrijd zijn.'

's Nachts droomde ik van de oorlog. Van de bommen en granaten. Van de Joodse mensen met hun gele sterren, van de treinen en dat ik een koolraap was. In een veld waar hevig gevochten werd. Mijn moeder sneed me af met het keukenmes en terwijl ze wegrende, liet ze me per ongeluk vallen. Ik rolde tegen een granaat en als bij intimiderende toverslag werd ik zo klein als een mier. Verstopte me zo snel als ik kon in zo'n hoogpolig tapijt. Soldatenlaarzen dreunden op me af. Ik moet als een speenvarken gegild hebben. 'Je had een nachtmerrie,' zei mijn vader. 'Het is maar een droom. Morgen gaan we samen vissen. Droom maar van kabouter Piggelmee.' 'Ik droomde,' zei ik, 'van de oorlog. Ik was een mier.' 'En?' 'Ik ben niet doodgetrapt.' 'Gelukkig maar. Ja, jongen, de oorlog is erg. De oorlog mag nooit meer gebeuren. Nooit, nooit, nooit meer.' Mijn vader gaf me een kus op mijn voorhoofd. Deed daarna zachtjes het gordijn dicht tussen de alkoof en hun slaapkamer en kroop weer bij mijn moeder in bed. 'Hij droomde van de oorlog, dat hij een mier was en eerst een koolraap,' zei mijn vader zachtjes. Maar niet zo zachtjes dat ik het niet kon horen. Ook wat ze daarna heel zachtjes met elkaar deden. Wenste mij een snelgroeiend hoogpolig tapijt in mijn oren.

Voortaan als ik een ster zou zien vallen, zou ik vrede op aarde wensen. En niet meer een ding voor mij alleen zoals een mondharmonica die je aan twee kanten kon bespelen. Maar mijn wensen kwamen maar niet uit. Hoe hard ik ook wenste, hoe stil ik ook was, hoeveel sterren er ook vielen.

Denk aan meneer Van IJssel, onze leraar Engels, die uit Suriname kwam, hij schreef ooit op het bord: *Somebody turned the radio down, nobody said a word. Auschwitz, Buchenwald and Belsen, it couldn't happen here, they said.*

Rij achter een vuilniswagen, stukje, stop, stukje. Zware klus voor die mannen. Twaalf procent loonsverhoging vind ik te weinig voor deze krachtpatsers. Op de autoradio zingt Leonard Cohen 'Like a bird on a wire', met een stem als de onderste lade van een loodzwaar dressoir, schreef laatst een recensent. Vaak als ik die Canadese bard hoor, denk ik ook aan de door mij bewonderde schrijfster Connie Palmen. Misschien zouden zij een goede match geweest zijn.

Weer stop ik. Nu niet voor een vuilniswagen, maar voor een zebrapad. Een moeder met een kind aan de hand en een in een tuigje op de borst steekt afwezig over.

Ik trek weer op. Kom thuis en lees bij de koffie in de krant: 'Met alle pijn, angst en gevaren van dien kan in principe iedereen zijn lot tarten en het erop wagen over te steken, of dat door de transmigratie naar een ander land is of door een transitie van het lichaam waarmee iemand op de wereld kwam.' Lot wordt plot. Connie Palmen, toeval of niet?

'De kaneel is op,' zeg ik tegen mijn vrouw. Bij ons thuis drinken wij de koffie met een snufje kaneel en een vleugje zout. 'Laten we dan na die covidprik even langs de supermarkt rijden.' Draai die middag de overvolle parkeerplaats van de AH op. Na wat rondjes vind ik een plekje aan de weg. 'Je hoeft niet mee te lopen, schat, het miezert, ben zo terug.' Fijn, hoef ik niet zo voorovergebogen langs de schappen te lopen, alsof ik een ander ben. Terwijl mijn vrouw met snelle stapjes naar de AH loopt, zie ik hoe een vrouw van pakweg vijfentachtig met een rode alpinopet op haar zware plastic tas over de parkeerplaats zeult. Denk: moet ik haar niet even helpen? Aarzel. Zie hoe de vrouw voor het zebrapad keurig naar links en rechts kijkt en als er ruimte is daarna voetje voor voetje oversteekt. Midden op de drukke weg blijft ze staan. Draait zich om en loopt terug zonder naar links en rechts te kijken. Remmen piepen. Ze is weer terug bij af. Ik waag het erop. Ga haar helpen oversteken.

Zie ondertussen hoe mijn vrouw naar buiten komt, ze wuift met de kaneel en ziet hoe de oude vrouw weer oversteekt en midden op de weg aarzelt. Ik sprint naar het dametje toe, te laat. Ze heeft de overkant bereikt. Kijkt daar weer naar links en rechts, lijkt een besluit te nemen, loopt in de richting van een rotonde, treuzelt weer en kuiert terug naar het zebrapad, waar auto's wederom voor haar stoppen. Ik steek over en vraag haar: 'Kan ik u helpen?' Omdat ik haar omzichtig terug de stoep op leid, moet een fietser voor ons uitwijken, de man roept iets wat eikels dan roepen. Hij laat zien dat al zijn vingers het nog doen. Ik steek mijn duim op. Wanneer schrijf je een lange ij en wanneer een korte, denk ik tegelijkertijd. Bij onze huisarts hangt een krantenknipsel op het prikbord: 'Ook u kunt aangeven of u niet of wel behandeld wilt worden bij uitzichtloos lijden.' Gaat het om leiding geven, dan schrijf je dat met een korte. Gaat het om pijn, dan schrijf je lijden met een lange. 'Waar moet u naartoe?' vraag ik de vrouw. Ze kijkt me aan en glimlacht en zegt zachtjes: 'Wist ik het maar.'

‘Meneer Van Veen toch?’ ‘Ja, meneer Van Veen.’ ‘Mijn man hield veel van uw liedjes, zijn lievelingsliedje was “Een foto”, van die razzia’s zijn foto’s. Hoe ging dat ook alweer?’ Ik zing voor haar het liedje dat ik in 1993 met Willem Wilmink schreef.

van die razzia’s zijn foto’s
Jonas Daniël Meijerplein
waar de Duitse militairen
joden aan het treiteren zijn
een bange man met keurige schoenen
lange jas en vlinderdas
wordt over het plein gedreven
of het daar een veemarkt was

kijk, daar staan drie Duitse soldaten
met een spottend lachje bij
en daar kijkt een vierde Duitser
misschien toch beschaamd, opzij

stel je voor je zag die foto
van de man met vlinderdas
en je zou opeens ontdekken
dat het je eigen vader was

soms moet ik er ook aan denken
hoe het die andere zoon vergaat
die ontdekte, kijk mijn vader
is die lachende soldaat

'Wat denkt u, moeten we voor een nieuwe oorlog vrezen?' 'Ik hoop het niet.' De vrouw kijkt me aan. 'Er is meer dan hoop nodig.' 'Daar bent u,' zegt een vijftiger op een fiets. 'We waren u kwijt.'

'Geen zorgen, lieverd, meneer Van Veen heeft me gevonden.' Ik maak een foto in gedachten.

Als mijn vrouw en ik thuis de kaneel uitladen, spelen de kinderen van onze onverwachte Oekraïense visite boven op de zojuist door de firma Eemland geleverde balen hooi. Denk aan de vraag van de overstekende mevrouw: 'Moeten we voor een nieuwe oorlog vrezen?' Kijk naar de kinderen en zie dat die oorlog er al is.

VERTEL NOG EENS

vertel nog eens van vroeger
van toen je nog een jochie was
hoe je achterop bij vader op zijn bagagedrager zat

vertel nog eens van Japie Groen
die Joodse klasgenoot van toen
die jou, voordat hij
werd weggevoerd
al zijn speelgoed gaf

en van
dat je als soldaat
in de flowerpowerjaren
mocht marcheren
in de richting
die je wou

er toen in je ransel
standaard kapotjes zaten
in de officiële legerkleuren...
grijs en groen en blauw

vertel nog eens
van toen je
in zo'n commune zat
en een plantsoentje
had gekraakt

zot en zat en maf
iemand je om stuff vroeg
en jij hem toen
een vlakgom gaf

vertel ons van de Noordzee
van moeder zoek en kind vermist
van die tanga
bh, volle borsten
en die hond
die op je handdoek zeek

van die twee oude mensen
die op de kantlijn van de tijd
op dat grote stille strand
wachtten op de eeuwigheid

vertel nog eens
van dat laatste restje zelfrespect
dat je een mens moet laten
zodat hij
op een dag
zelf beslissen mag
hoe hij wil dat hij vertrekt

Paul van Vliet
vertel nog eens
zij kennen het nog niet

Vriend

Mies, Willem, meneer Wim, Toon, Elisabeth, Riwka, Godfried, Simon, Peter, Erik, Willem W., Georges, Paul, Liselore, Ramses, To. Wat hebben ze met elkaar gemeen? Het zijn mijn dode vrienden, collega's en goede bekenden. Mensen die ik schatplichtig ben. Zonder hen zou ik anders zijn dan ik nu ben.

Het KNMI voorspelt een hete Dordogne-zomer met nogal wat onweer en hoosbuien. Maanden voor regenlaarzen en zonnebrand, paraplu's en parasols. In juli en augustus spelen wij zelden. Tijd voor pastis, lezen, wandelen, zwemmen, luieren, met de kinderen zijn. Bijpraten, plannen maken om het na de vakantie anders te gaan doen. Anders hetzelfde, anders als altijd. Komt er natuurlijk nooit van. Je bent nog niet thuis of daar gaat het weer, opnieuw als vanouds. Als je mazzel hebt. In de vakantie schoon ik steevast mijn adressenboekje op. Heb nog zo'n leren A5-model met te weinig ruimte voor bekenden, vrienden en familie wier achternaam begint met een B of een V en te veel voor X, Y, Z.

Elk jaar streep ik met mijn marker meer namen door dan het jaar ervoor.

Wil ze nog wel kunnen blijven lezen. Gelukkig komen er ook namen en adressen van jonkies om ons heen bij. Maar die klop ik met mijn vingers in mijn telefoon. Zoals Lieke het Limburgse meisje, Mark de jonge buurman met die verbaasde lieve ogen, Sara met de stem uit duizenden, de oertoneelspeler Piet van der Pas. Nieuwe namen groeien aan, zoals de blaadjes op het kaft van dit boek.

Van sommige mensen in mijn zwarte versleten boekje weet ik niet of ze nog leven. Hun sporen kan ik tot op zekere hoogte volgen aan de hand van veranderde adressen of de losse verhuisberichten achterin. Soms durf ik te bellen om te vragen: 'Besta je nog? Zo niet, waar ben je dan?' Denk nu aan iemand, ik noem hem Arthur. Hij studeerde destijds hoofdvak piano aan het Utrechts Conservatorium. Hij droomde er, net als schaduw-Hans in het volgende hoofdstuk, van ooit concertpianist te worden. Arthur was in onze studietijd die veelbelovende jongen met dat veelbelovende uiterlijk, die alles had om een heuse sterrenplukker te worden. Ogenschijnlijk moeiteloos schudde hij walsen, etudes, mazurka's en sonates uit zijn vingers. Staande ovaties tijdens voordrachtsoefeningen vielen hem ten deel. Wereldtournees lagen in het verschiet. Impresario's zaten toevallig aan tafeltjes in cafés naast tafeltjes waaraan hij broodjes cervelaat at. Als Arthur op school binnenkwam met zijn tas en loden jas, de borsalino achteloos op zijn hoofd, werd hij door iedereen gezien. Dempten onze stemmen, keken wij hem na, hoe hij de trap op liep. Indachtig Elvis Presley gonsde dan door gangen en lokalen: '*Arthur is in the building*.'

Nadat we afgestudeerd waren, heb ik hem nog even kunnen volgen totdat hij vertrok naar, zo men toen zei, een ver land om zich voortaan te laten leiden door een goeroe met een baard en diepliggende donkere ogen. Misschien kon hij daar zijn talent pas echt toetsen, ik zal het nooit weten. Dat was zeg maar dertig jaar voor Google. Zijn Utrechtse telefoonnummer heb ik nog. Zal ik hem bellen? Wat ga ik dan horen?

Arthur wie? Wanneer?

Nee, dit nummer bestaat niet meer, laat staan deze telefoon. Deze straat werd een parkeergarage van zeven verdiepingen. U praat nu met een betaalautomaat. Goedemiddag. Ik trek met mijn marker nog geen gele streep over de naam Arthur. Zijn slagboom is nog niet dicht.

Misschien hoopt hij van mij te horen via een bomenschimmelspoor, dat zijn tenen kietelt als ik bel. Neemt hij aan met: 'Herman, wist dat je me op een of andere manier zou vinden. Wel welaan. Het gaat mij goed. Ik kijk nu naar de zee en zij naar mij. We zaten net wat te kabbelen over de onvoorwaardelijkheid van liefde en wat ons drijft. Soms hoor ik je spelen op de wind. Dan zeg ik tegen wie het horen wil: "Luister, mijn oude vriend, de Herman."'

Ik noem je Ramona. Waarom heb ik jouw naam zonder adres niet doorgestreept? Je bent nu toch al een leven lang verdwenen. Waarschijnlijk omdat zoveel van jou in mij nog voortleeft. Durf het niet te wagen je nooit meer te kunnen bellen.

Ik ontmoette je voor het eerst in Den Haag bij Frits de Schilder. Toen ik je zag kon ik niet geloven dat zoiets moois binnen handbereik kon bestaan. Wat was je, tien jaar jonger dan ik? 'Dit is Herman,' zei Frits. Dat ben jij, dacht ik. Toen je me aankeek, had ik de neiging om me om te draaien. Wat zag je door mij? Achter mij? Je naam verstond ik niet, door het geluid van de engelenkoren in mijn oren. Je gaf me je hand. Ik wilde hem bewaren, op ijs leggen, van je stelen, mee naar huis nemen, laten inlijsten, onder een kaasstolp leggen, als een vlinder opprikken. 'Herman is… ja, wat is hij?' vroeg Frits zich af. 'Een danser die zingt? Een zanger die vioolspeelt? Een violist die schrijft? Een realistische magiër. Ik hoop niet dat hij gaat schilderen.' Je keek me geamuseerd aan, glimlachte. De bloemen in de vaas gingen nieuwsgierig open.

Johan Fabricius schreef ooit de roman *Eiland der demonen*. Een autobiografisch verhaal dat zich afspeelt op het vooroorlogse Bali. Plaats van handeling is de zuidkust van het eiland waar de gamelan klinkt en de Balinees de demonen, die zijn zielenrust verstoren, tracht te verdrijven, maar waar ook toeristen in jakkerende auto's langsrazen. De ik-figuur leert daar de schilder Gustavsson kennen, van wie hij behalve zijn huis ook Karti, zijn Balinese minnares, mag delen. Karti, een oceaan van een vrouw, een verslaving. Nu stond ze voor me, in de keuken van Frans de Schilder, ik was verkocht, betoverd, wilde alles van haar weten.

'Hans, wie is zij? Waar komt ze vandaan? Van welke planeet? Uit welke droom? Hoe kan zij bestaan?' 'Ze komt uit Yogyakarta. Ze is naar Nederland gekomen om haar vader te zoeken. Het enige wat ze van hem heeft, is een stukgelezen boekje van Ot en Sien waarin hij heeft geschreven *Voor mijn dochter*.'

Als ze hem niet kan vinden wil ik wel alles voor haar zijn, desnoods, maar bij voorkeur niet haar vader. Ik zal het haar zeggen, dat ik voor haar kan zorgen.

Heb haar daarna één keer weergezien. Na een voorstelling in de Koninklijke Schouwburg in Den Haag. Ze wachtte in het gele licht van een straatlantaarn alsof we hadden afgesproken. We hebben toen rondjes gewandeld op het Lange Voorhout. Ze vertelde summier over hoe ze haar vader vond, niets over wat er daarna gebeurde. Ik durfde het haar niet te vragen.

Toen we afscheid namen, heb ik haar hand gekust en gezegd dat ik hoopte haar ooit weer te zien. Waarop ze zei: 'Dat hoop ik ook.' En we wisten allebei dat dat nooit gebeuren ging. Ze is toen in een taxi gestapt en heeft zich op de achterbank nog één keer omgedraaid. Een beeld dat ik nooit meer zou vergeten. Toch mis ik haar meer dan ik me haar herinner.

Daar ging mijn vrouw, daar stond haar man, in een ander leven. Daar was de regen om mijn droom weg te spoelen.

Jaren later vertelde Frits dat ze overleden was. Was ze ziek? Een tragisch ongeluk? Nee! Voel weer die schrik, dat ongeloof. Ga voor haar nog een standbeeld schrijven, een weergaloos spel waarin ze weer bestaan zal.

Het Lange Voorhout ligt om de hoek van het Smidswater. Die gracht dankt zijn naam aan de stallen die daar ooit waren en de hoefsmeden die er woonden. Daar woont Paul. Kijk naar zijn naam in mijn adressenboekje. Ga op zoek naar een dagboek.

'Afgelopen maandag zijn we getrouwd in het stadhuisje van Haastrecht. In stilte, stond er in de kranten. Het was een mooie dag. Iedereen was erg ontspannen en blij, voor en met ons. De bruid leek mooier dan ooit en ze zei zo hard "ja" tegen de buitengewoon ambtenaar dat ik ervan schrok. We hebben nu een bruin plastic trouwboekje. Mijn vriend en collega Paul van Vliet was getuige samen met vriendin en actrice Elisabeth de Bruin Andersen. Paul heeft lieve dingen gezegd. Paul was net als ik een "adoptiezoon" van Wim Kan.'

De cabaretier Wim Kan zou je kunnen zien als een stand-upcomedian avant la lettre. Hij was natuurlijk veel meer, maar toch vooral de Haagse godfather van de lange conference, die door een hele generatie jongere cabaretiers na hem in vele variaties over ons is uitgestort.

Hij leefde met actrice-cabaretière Corry Vonk in een zelfverkozen, goed beschermd isolement. Vrijwel het hele volk als bewonderaar, maar voor zover we weten weinig vrienden. De grappen voor zijn conferences bepaalden zijn leven. Uit zijn dagboeken spreekt een grote onzekerheid. 'Als het doek valt, rijst de twijfel.'

Paul van Vliet en ik zaten een keer samen in het KRO-radioprogramma *Van twaalf tot twee.*

Het was een stralende ouderwetse winterdag en er lag overal stevig ijs. Wij hadden afgesproken na de uitzending te gaan schaatsen op de Loosdrechtse Plassen. Onze noren lagen met geitenwollen sokken en mutsen tegen al te koude oren geduldig te verkleumen in de achterbak.

Diezelfde dag was Wim Kan jarig. In een bui van overmoed besloten we hem te gaan feliciteren in zijn huis in Kudelstaart. Dat was riskant. Wim Kan was een groot artiest, maar voor 'onbekenden' geen gulle gastheer. Onderweg gestopt om te tanken. 'Kijk,' zei een vrouw. 'Paul van Vliet!' 'Nee, gek, dat is Herman van Veen.'

Bij het hek voor het huis van de Kans stond een bordje: WIJ ZIJN NIET OP BEZOEK GESTELD, ZEKER NIET ONAANGEMELD. Halverwege het tuinpad weer een bordje met: WEET U ZEKER DAT U HIER MOET ZIJN? En naast de deurbel het uitnodigende: U KUNT NU NOG TERUG.

Wim Kan was voor ons, schrijft Paul in zijn laatste boekje *Vader Kan*. Hij had ons ooit, omdat hij ons goed en aardig vond, aangenomen als zijn 'zonen'. Een late roeping als compensatie voor zijn eigen kinderloosheid? Hij schreef naar aanleiding van onze voorstellingen (die hij trouw bezocht) en nieuws over ons in de media lange handgeschreven brieven. Die begonnen altijd met: 'M'n lieve zoon, je vader laat je weten...'*

'12 oktober 71. Ergens ver weg – van de boze wereld in een bos! Dag Herman! Dag! Ten eerste – het is laat – om je te bedanken voor zo'n enorme bloemenhulde – samen met dat ene woordje "fantastisch"!!!

Dat geeft dan ineens zo erg veel steun in de rug, in werkelijk heel erg moeilijke tijden. Corry en ik hebben gewoon een ontzettende rotweek achter de rug... Tot slot zei ik op Schiphol – Zondagmorgen tegen de Nederlandse en tegen de Japanse pers: "Zet maar eens de hele zondag 'Jacob Olle' van Herman van Veen op, dan weet iedereen die denken kan (en dat is een triest klein troepje!) wat ik bedoel en waar we tevergeefs voor vochten (de doden liggen in de eregraven in Birma en de man die ze daarin treiterde, staat op het bordes van Soestdijk te lachen en te wuiven tegen "het volk" dat er niet is, omdat ze hem niet lusten. En niemand zegt wat. En er gebeurt... niets!!!'

De muziek van het liedje 'Jacob Olle' schreef ik in 1970 voor de grammofoonplaat *Voor een verre prinses* op de woorden van Rob Chrispijn.

Jacob Olle die reed tachtig
en het stoplicht sprong op rood
het ligt nog vers in het geheugen
want hij is pas één dag dood
veertien regels, bladzij zeven
vond ik in het ochtendblad
maar de tijd heelt alle wonden
en vergeet, men vergat

via de Karel Doormankade
langs het standbeeld van Calvijn
over de Pieter Mauritssingel
naar het Wilhelminaplein
grote woorden, grote namen
Olle's naam was niet zo groot
toch is er een overeenkomst
want hij is nu net zo dood

vroeger vocht hij voor de vrede
in een ver en vochtig land
schoot hij dertig man aan stukken
en stak daarna het dorp in brand
hiervoor kreeg hij toen het Grootkruis
in de Nederlandse Leeuw
maar soms werd hij 's nachts weer wakker
met een kreet, met een schreeuw

over de Gouverneur van Heutzlaan
langs het standbeeld van Colijn
rijdt hij naar z'n laatste rustplaats
aan het Keizer Karelplein

aan het graf wat mooie woorden
en met een soldaat op wacht
troost het vaderland een moeder
die een held ter wereld bracht

vrolijk lachend voor de foto
met z'n blonde bebophaar
staat hij in een zilveren lijst
twintig jaar op het dressoir

Jacob Olle, wij beloven
dat jouw naam blijft voortbestaan
nee, we zullen nooit vergeten
wat je voor ons hebt gedaan

er is een pad naar hem genoemd
want een straat kon er niet af
onkruid groeit er
duinroos bloeit er
't ligt een stuk buiten de stad
weinig mensen kom je tegen
op het Jacob Ollepad
zelfs een hond keert halverwege
weer terug

Rob Chrispijn zei over zijn tekst: ‘Dit nummer was net uit toen Wim Kan na een voorstelling aan me vroeg of ik voor hem ook zoiets kon schrijven.’ Ik mompelde iets vaags maar dacht: ik ben daar gek! Dat was behalve arrogant ook niet erg aardig, maar een feit blijft dat ik over dit beladen onderwerp maar één keer een lied heb kunnen schrijven.

In ons sociaal-cultureel kunstencentrum op landgoed De Paltz in Soest ligt een Jacob Ollepad dat niet doodloopt.

‘Dag Herman! Ik ga Corry vanavond midden in het bos, als we een heel klein beetje... hebben tenminste, “Jacob Olle” nog eens laten horen – Daar leren we samen van. Ja: wat hebben jij en Paul en nog een paar echte goede vrienden prima over mij verteld in – ik geloof – de – of “een” Haagse krant. Zal je zorgen dat het je goed gaat? Dag! Bedankt Herman! Ook namens Corry. Je Wim.’

Naast Wim Kans dagboeken staat in ons archief een ordner zo grijs als hij was waarin ik al Wim Kans brieven heb bewaard, brieven zoals deze:

‘April 1980. Jongen, ik zag je geboren worden in Haarlem op een avond in de stadsschouwburg. De zaal was halfvol en het succes volledig! Met drie schuintamboers roerde je de grote trom dat horen en zien je verging en ik dacht: het is een bijzonder kind en dat is het.

En ik volgde het spoor dat je trok door Nederland, ik zag je balanceren over de rugleuningen van de stoelen van Carré en je liet je met het brandscherm mee omhooghalen… en je zong, zonder microfoon, in die eindeloos grote ruimte Jacques Brell's ontroerende lied "Als liefde zoveel jaar kan duren" en je kon een speld en mijn tranen horen vallen.

Toen kwamen er ineens zes kinderteeveeprogramma's uit Duitsland overgewaaid. Met nog eens zes op komst en een film en plannen voor een volgende film en een Harlekijn voetbalelftal en Unicef en 148 grammofoonplaten!

Je was al in Engeland, toen ik nog dacht: die dekselse jongen zit ergens in Hamburg, Zürich of Parijs…

Misschien zit je nu wel op Broadway. Ik kan je niet meer volgen. Sta je ooit nog wel eens stil voor een stoplicht? Of rij je met een rotgang door het rood? Wanneer kom je met Babette en Valentijn weer eens een boompje planten in onze tuin? Ik lees zoveel over je en weet zo weinig van je af.

Ze vragen een voorwoord hier in Vught bij een scriptie, die ze over je hebben gemaakt. Ik zal ze verwijzen naar de encyclopedie. Daar sta je in: 'Veen – Herman v. (1945) cabaretier' – meer weet ik ook niet, maar 't is genoeg. Dag Herman, zal je niet vallen? Wim Kan.'

Met de bloemen die Paul en ik van de KRO hadden gekregen reden we na het tanken een beetje lacherig naar zijn huis en belden aan. Er werd niet opengedaan. Het bleef ook na herhaaldelijk bellen stil.

Ik had mijn twaalfsnarengitaar bij me en wij begonnen verjaardagsliederen te zingen. Wij werkten het hele repertoire af, van 'Lang zal vader leven' tot 'Er is er een jarig hoera hoera, dat is niét te zien, dat is hij!' In majeur, in mineur, langzaam en in uptempo. Na tien minuten verscheen het verschrikte en slaperige hoofd van Corry Vonk voor het ronde ruitje in de voordeur. Toen ze zag dat wij het waren, deed ze de deur op een kier en vroeg ongerust: 'Wat komen jullie doen?' 'Vader Kan feliciteren.' 'Ik denk niet dat hij dat wil,' zei Corry. 'Hij heeft een slecht humeur vandaag.' 'Misschien kunt u toch aan hem vragen of hij ons wil zien,' zeurden wij, 'kijk eens, we hebben bloemen meegebracht.' 'Kom dan maar even binnen,' zei Corry. 'Hij ligt nog in bed, maar ik zal kijken wat ik voor jullie kan doen.'

Wij mochten in de woonkamer gaan zitten en kregen koffie. Corry bleef verdacht lang weg. Eindelijk kwam ze terug en zei: 'Hij vindt het goed. Jullie mogen naar hem toe.' Ze liet ons in de slaapkamer en verdween meteen weer naar elders. Wim Kan zat rechtop in bed, als een gevangene in een wit-blauw gestreepte pyjama. Om hem heen lagen de ochtendbladen en de verjaardagspost. Hij keek nors en leek nog lang niet jarig of toegankelijk voor iets leuks.

Wij begonnen aan een reprise van onze verjaardagsliederencyclus. Bij de derde versie van 'Happy Birthday' kwam er een kleine twinkeling in zijn ogen en daarna de aanzet tot een lachje. Toen gooide hij de dekens van zich af, sprong uit bed en riep: 'Hebben jullie schaatsen bij je? Ja? Ga dan maar terug naar Corry, ik kleed me aan. We gaan de plas op!' Zijn humeur was ontdooid.

'Het werd een onvergetelijke middag,' schrijft Paul in zijn boekje *Heimwee naar morgen*. 'Wij vormden een treintje met Herman voorop, Wim Kan op ijshockeyschaatsen in het midden en ik als laatste man.'

Zo zwierden wij over de Westeinderplassen in de winterzon. De hele lange middag tot het donker werd. En we waren gelukkig. Nooit heb ik Wim Kan zo uitgelaten, zo jong en zo grappig gezien.

Na de dood van Wim Kan erfde ik zijn met veters aan elkaar geknoopte ijshockeyschaatsen met daarin nog zijn geitenwollen sokken gepropt.

Een leven later zitten we met Paul onder een stralende zon op zijn balkon aan het knusse Smidswater in Den Haag. Paul heeft zojuist gehoord dat hij niet lang meer te leven heeft. 'Dus ik ga dood?' had hij aan de arts gevraagd. 'Ja,' had deze geantwoord, 'net als wij allemaal.'

We moesten erom lachen en daarna huilen. Onwerkelijk. Lidewij, Pauls vrouw, had toen gezegd: 'Je hebt bijna negentig jaar buiten mogen spelen en dan ineens.' Paul zag dat ik naar een kraai keek die op de balustrade van zijn balkon zat te staren. 'Die is niet echt, maar dat weten die schijtende duiven en meeuwen niet.' We kletsten en snikten ons leven door. Vijfenvijftig jaar was deze grote en lieve gast als een broer voor mij. 'Misschien moeten jullie gaan,' zei hij. 'Zijn jullie nog voor de files thuis.' Nog geen handvol dagen later was hij dood. Mijn marker hapert, hij is er nog niet aan toe.

Zong door verdriet overmand op zijn vriendelijk verzoek naast de kist ongeveer 'Dat tedere gevoel'. Na een kwartiertje duizeligheid hieven we in de Koninklijke Schouwburg het glas op het leven van Pieter Paulus van Vliet, vriend.

ik heb dat tedere gevoel
voor elke zot, en elke dwaas
die buiten ronddaast zonder doel
die niemands knecht is
niemands baas

ik heb dat tedere gevoel
voor ieder die zich luidkeels uit
die elk gebaar ervaart als koel
voor wie zich elke kudde sluit

ik heb dat tedere gevoel
voor wie zich in een droom verwart
en waar die droom de waarheid tast
klinkt soms zijn lach net iets te hard

ik heb dat tedere gevoel
voor elke vrouw, voor elke man
die in volkomen weerloosheid
een ander mens beminnen kan

KWIJT

als dat kan niet waar zijn waar wordt
je wereld stilstaat en toch doordraait
je met een mond vol tanden
niet meer stoppen kunt met praten

als dat gebeurt alleen bij anderen jou gebeurt
je niet de koek krijgt maar de gard
de spoken in je hoofd
met hun vragenlijstjes komen
je nuchtere verstand verhuist
naar de kamers in je hart

het laat zich niet verklaren
of kan begrepen worden
kwijt is kwijt is kwijt

niets helpt op dat moment
geen troost, geen God, geen tijd
kwijt is kwijt is kwijt

als dat kan niet waar zijn waar wordt
en je wereld stilstaat

als dat zit er toch niet in
er toch uit komt
en dat bestaat niet wel bestaat
als je met een kop vol watten
vecht tegen je tranen

als dat zal toch niet
toch zal
je ineens begrijpt
waarom het woordje tijd
wel moet rijmen
op het woordje spijt

het laat zich niet verklaren
of kan begrepen worden
kwijt is kwijt is kwijt

niets helpt op dat moment
geen troost geen God
geen tijd
kwijt is kwijt
altijd

als dat kan niet waar zijn waar wordt
en je wereld stilstaat

De pianostemmer

In de woorden van schrijver-tekenaar Wim Hofman. 'Ik ben niet woedend,' zei de vrouw. 'Dat ben je wel,' zei de spiegel. 'Ik ben van ijs,' zei de vrouw. 'Dat is nog veel erger,' antwoordde de spiegel. 'Je ziet bleek, je bent ziek.' 'Misschien was het gif niet sterk genoeg. Of werkt het te langzaam. Ik had dieper moeten steken, dat had ik. Ik had die haan zijn kop af moeten draaien. Hij heeft waarschijnlijk de dwergen gewaarschuwd.' 'Ze zijn slim,' zei de spiegel. 'Misschien moet je hen eerst om zeep helpen.' 'Hou jij je mond maar,' zei de vrouw. Ze hing een doek voor de spiegel. 'Wat ga je doen?' vroeg hij. 'Mag ik het niet zien?'

Weg was de heks. Na het zien van de Disneyfilm over Sneeuwwitje, 1937, heb ik lang niet in spiegels durven kijken. Gelukkig hoefde ik mij toen nog niet te scheren.

Ook in mijn jonge jaren trok ik als vlijtige troubadour vooral ook langs Duitse steden met uitstapjes naar Zwitserland en Oostenrijk. In dat laatste land kwam ik regelmatig in een stad die ik voor dit verhaaltje Finsterlach noem.

In dat oord woonden drie jonge, steevast in het zwart geklede vrouwen die een merkwaardig oogje op mij hadden. Zij behoorden tot, zo giechelden zij, een heksenkring, een groep wilde vrouwen. Er was iets met mij, om, in mij, dat zij fascinerend vonden. Zij wilden met mij vrijen. In een bos of kerk, op een dak of groot bed en in hun armen en op mijn bezemsteel. Soms zaten zij met z'n drieën op de eerste rij in korte rokken zonder slipjes. Kon ik tussen de liedjes en de grapjes door tussen hun dijen struikjes zien ruizen. Wachtten zij mij daarna buiten in het donker onder alle mogelijke manen op bij de artiestenuitgang. Daagden ze me uit mee te komen naar waar zij dan ook gingen.

Ik keek wel uit. Niet omdat het mij niet heerlijk leek, maar wist zeker dat mijn moeder vlak voor het hoogtepunt van ons kwartet vermanend onder dat vierpersoonsbed tevoorschijn zou komen.

Op de Dam in Amsterdam verzamelen zich op zaterdag, zo lees ik, rond het middaguur zo'n tweehonderd vrouwen en enkele mannen met witte bloemen in hun hand. Aan sommige bloemen hangen kaartjes. 'Engel Dirks was onschuldig', staat erop. Of: 'Meyns Cornelis, we zullen je niet vergeten.'

Vlak voordat de klok dertien slaat, vormt de menigte een grote kring. Twee Limburgse passanten slaan het tafereel met verwondering gade. 'Is dit de bijeenkomst voor Jezus?' vragen ze aan een vrouw in een lang gewaad. 'Nee, die is dáár,' antwoordt ze met lichte irritatie in haar stem en ze wijst naar een kraampje even verderop waar gratis zegeningen worden uitgedeeld.

'Wij staan hier voor alle sisters die in naam van Jezus werden vermoord.'

De heksenjacht in Europa kostte aan zeker zestienduizend mensen het leven, blijkt uit onderzoek van Amerikaanse economen, schrijft Sjors Hofstede in zijn rubriek 'Cijfers bij het nieuws'.

De vervolgingen begonnen rond 1450, maar piekten rond 1600. In zes op de tien geanalyseerde gevallen mondde een rechtszaak uit in een executie. Duitsland executeerde de meeste 'heksen'. Bijna 7000. In Zwitserland belandden 5.500 personen op de brandstapel. Op het huidige Nederlands grondgebied vonden zeker 369 processen plaats, met 46 executies tot gevolg. Negen daarvan vonden plaats in Schiedam, dat begin dit jaar een heksenmonument oprichtte.

Sommige historici stellen dat heksen vaak werden aangewezen als zondebok voor onverklaarbare natuurverschijnselen. Zo zou de kleine ijstijd, die duurde van 1430 tot de negentiende eeuw, veel invloed hebben gehad op heksenvervolgingen. Amerikaanse economen kwamen met een andere theorie. Zij stellen dat de kerk heksen verbrandde om ongelovigen te overtuigen, vooral op plekken waar de katholieke kerk botste met de protestantse.

Hoor via de intercom in mijn kleedkamer dat de pianostemmer klaar is. Pak mijn viool en script, loop voor onze soundcheck naar het toneel. De pianostemmer pakt zijn spullen in. Pico bello. Mijn gedachten gaan naar Hans Damals, zijn zo goed als blinde collega-pianostemmer. Een onopvallende persoon, doorsnee zou je nu zeggen. Eén meter tweeënzeventig, slank, donkerblond. Zijn ogen gingen schuil achter de donkere glazen van zijn bril. Ik leerde hem destijds kennen in een Oost-Duits Stadttheater, lang nog voor de val van de Muur. Was in die dagen in Oost-Duitsland om er één steen uit te zingen. Hij vroeg mij toen op welke hoogte ik de piano graag gestemd had willen hebben. 441 graag. We raakten aan de praat. Hans vertelde dat hij pianist had willen worden. 'Maar ja,' zei hij veelbetekenend. Hij gaf nu les en stemde piano's.

Wat hij het liefst deed, was luisteren naar voorlezen. Ik zit nu midden in een cassettebandje van *Peter Schlemihl*, van Adelbert von Chamisso. Schlemihl, de man die zijn schaduw verkocht aan ene Luc Lichtbrenger, dacht ik.

Nadat Hans de piano gestemd had, speelde hij ter controle van de zuiverheid betoverend mooi een mazurka van Chopin. Hoezo maar ja? De nacht nadat ik over de heksen had gelezen moest ik dromenlogisch warrig van Hans Damals de pianostemmer dromen.

In mijn droom zag ik hem jaren jonger, volstrekt blind, debuteren als solist in het Amsterdamse Concertgebouw dat midden in het IJsselmeer stond. Het publiek werd door kaasmeisjes in gondels naar het gebouw geboomd.

Hij speelde Rachmaninov voor een publiek dat uitsluitend bestond uit blinde mensen met hun rood-witte stokken en hun geleidehonden, zonder uitzondering witte Duitse herders. Technisch speelde Hans foutloos, maar het ontbrak aan zeg maar beleving. Hij had een robot kunnen zijn. Een mager applaus, wat getik, gekwispel en geblaf was zijn deel.

Ontgoocheld trof ik hem, in dit deel van de droom was ik een wandelende schemerlamp, na het concert in zijn kleedkamer aan. Geen bloemen, fantastisch of geweldigs, wat heb ik genotens, we want mores, schouderklopjes, omhelzingen of handtekeningen. De fles champagne dronk hij afwezig op de tast in een paar teugen leeg. Daarna probeerde hij zich als een briefje in die fles te wurmen. Er werd op de deur geklopt. In de gang stond een vrouwelijke kruising tussen Elton John en Ringo Starr. Een lange slanke, volledig in het zwart geklede schoonheid van een vrouw met een hoge rode velours hoed op en een enorm montuur. 'Ja, meneer Hans,' lachte ze. 'Dat stelde niet veel voor, maar daar kunnen wij iets aan doen, nietwaar? Ik doe u een voorstel. U geeft mij uw schaduw. Ik geef u in ruil alles wat u maar wilt.' 'Ja, hoor. Alles?' vroeg Hans somber. 'Alles,' zei de vrouw met de hoed. 'Goede ogen?' 'Goede ogen.' 'Succes?' 'Succes!' 'Een lieve vrouw?' 'Een lieve vrouw!' 'Geld?' 'Geld!'

'Waarom niet? *So be it.*' Ze nam gracieus voor Hans haar hoed af en zei: 'Hier zit alles in, alsjeblieft, veel plezier.' Hans nam de hoed aan, ik schreeuwde: 'Niet doen!' Maar wie luistert er naar een schemerlamp? De vrouw pakte Hans' schaduw aan, alsof het een regenjas was. 'Wat gaat u met hem doen?' 'Ik ben verzamelaar, ik bewaar mijn schaduwen achter glas en stel ze in al hun glorieuze wanhoop tentoon in mijn paviljoen van vensters. Voor wie het maar wil zien.' 'Waar? Waar staat uw museum?' 'Op het eiland Desmo, niet ver van de Argentijnse kust. Als u wilt, kom kijken, *anytime*, u bent mijn gast, neem gerust uw schemerlamp mee.' De vrouw gaf mij een knipoog. 'Goedenavond.' 'Goedenavond.' 'Mevrouw?' 'Sorry, mijn vrienden noemen mij Lucide, naar lucifer.' Hans bleef alleen met zijn rode hoed in de kleedkamer achter. De hoed zei: 'Stop, we gaan zo verder, de schemerlamp, de man op leeftijd die dit droomt, moet nachtelijk plassen.' Droomde daarna nieuwsgierig mijn nu lucide droom verder.

Hans tastte met zijn vingers zijn nieuwe hoofddeksel af. 'Ik wens mij een lieve vrouw die met me wil trouwen,' mompelde hij zonder al te veel verwachting. Uit de rode hoed verscheen als een bloem uit de grond de gestalte van Eloïse, de vrouw van zijn verlangen. 'Sorry, mag ik?' 'U mag,' antwoordde zij. Hij tastte haar met zijn vingertoppen af. 'Het werkt.' 'Wat werkt?' vroeg Eloïse. 'De hoed.' 'Ik wou dat ik je kon zien.' 'Vraag het de hoed,' zei ik. 'Vreemd,' glimlachte Eloïse. 'Een pratende schemerlamp.' 'Aangenaam, mijn naam is Herman, ik schijn mijn licht op deze droom.' 'Ik wens mij ogen waarmee ik je kan zien.' 'Voilá!' lachte de hoed. Hans kon zijn ogen niet geloven. Hij zette met tranen in zijn ogen zijn bril af. Hij wenste zich daarna succes.

De bloemen op het behang begonnen te applaudisseren, de vloerbedekking en het meubilair te stampen. Uit de hoed sprongen enthousiaste mensen die hem complimenteerden met zijn pianospel, om handtekeningen vroegen, selfies wilden, bloemen gaven, kaartjes met adressen, hij wenste en wenste en al zijn wensen kwamen uit. De kleedkamer veranderde in een luxesuite van een meersterrig grand hotel. Moe van zijn geluk viel Hans in een tigpersoonshemelbed naast zijn aanstaande bruid in slaap.

'Als u wilt,' zei Eloïse, 'mag u wel bij ons komen liggen.' 'Dank u,' mompelde ik. 'Maar nee, ik blijf wel staan. Weet u, mijn moeder...' 'Ik begrijp het.' Het begon te schemeren, ik voelde me thuis.

De huwelijksvoltrekking vond plaats in de Grote Kerk in Schiedam. Iedereen was er. De spraakmakenden, de hoogdravenden, de ertoedoenden inclusief hun achterklap, de nieuwe buren, wat zakkenrollers en een man op stelten, die nogal uit de hoogte deed. 'Ja, ik wil,' zei Eloïse. 'Ja, ik wil,' zei Hans.

'Moet ik hier tekenen?' vroeg de schemerlamp. Het orgel dreunde vrolijkheid. Diep gelukkig liep het bruidspaar arm in arm onder dwarrelende rozenblaadjes door naar buiten tot in de volle zon.

Eloïse wilde wat rozenblaadjes oppakken. Ze zag haar lange bruidsjurkschaduw voor haar op de trappen van de kerk vallen, tot ze zomaar stilstond en gilde: 'Jezus, Hans, je hebt geen schaduw, waar is je schaduw?' Hans antwoordde met zachte stem: 'Die heb ik geruild voor deze rode hoed.'

Op het kerkplein werd het stil, adem stokte. Een man, een Hans, een mens zonder schaduw. Een wat? Een heks? Een levende dode. Het volk vluchtte naar huis, een schemerlamp viel om. Eloïse rende terug de kerk in. Hans bleef alleen achter op de trappen, in zijn uppie in de zon. Van alle scheurkalenders in de buurt van Schiedam vielen blaadjes. Ik veranderde van schemerlamp in een zakdoek en droogde Hans' tranen.

‘Wat heb je, wat kun je als niemand bij je wil zijn?’ zong een merel hoog in een kastanje. Diep ongelukkig vluchtte Hans met zijn rode hoed en een van schemerlamp tot zakdoek getransformeerde dromer naar een ver eiland ergens in de eindeloze zeeën van het oude Insulinde. Daar leerde hij in de tijd van toen aapjes nog op stokjes zaten een stokoude gerimpelde wajangpoppenspeler kennen. De mannen raakten na wat glazen en verloop van tijd, die in mijn droom nog geen minuut duurde, bevriend. Niet dat ze veel zeiden. Soms: ‘Wat hoor jij?’ ‘Niets.’ ‘Wat zie jij?’ ‘Niets.’ Niet in de weg gestaan door zijn schaduw, leerde Hans als geen ander, behalve dan de wajangman, met de tweedimensionale schaduwpoppen spelen.

Het verhaal van de draak, het verhaal van de god, het verhaal van overmorgen, het verhaal van altijd, het verhaal van de kus, het verloren verhaal van gisteren, zijn verhaal, het verhaal van de veranderingen, de avonturen van een zakdoek. Het verhaal van toverij en hoe zwaar te licht kan zijn.

Tot op de dag van vandaag reist hij met zijn gestaltes en vertellingen de wereld en in mijn dromen rond. Dorp, stad, land af. Laat hij zijn schaduwpoppen vragen: ‘Wie ben ik? Ben ik de bruid? De hoed? De hond? De fles? De blinde? De schemerlamp? De zakdoek? De dromer? De struik tussen de benen van een Duitse heks? De nacht? De dageraad? Het schijnsel? De schaduw? Of alles?' Wat duidt de droom? Wie duidt de droom? Jij? Ik?

En *who the fuck* is Luc?

Eloïse heb ik later leren kennen, ze werd de dochter van Martine en het beste vriendinnetje van mijn dochter Anne. Haar dochter gaat later trouwen met een pianist die geen piano's hoeft te stemmen en in niemands schaduw leeft.

ZO HARD

jouw hart is zo hard als een steen, Marie
er is er niet een, Marie, met een hart zo hard

een ezel stoot zich vast niet
tweemaal aan dezelfde steen
maar aan dat stenen hart van jou
stoot zich iedereen

*

Hartspier

Was in het ziekenhuis om te laten meten wat mijn hartspier allemaal nog aankan. Moest nadat ik iets engs ingespoten had gekregen daarvoor in een soort grote, horizontaal liggende wasmachine en me een maand later voor de uitslag melden bij de cardioloog. Daar zat ik, met de 'stel dat ze iets zien'-bibbers en hartkloppingen, te wachten op het al dan niet gelukt zijn van de foto's.

Aan een ronde tafel in de wachtkamer zaten twee mannen op leeftijd te praten over die van de huidige Amerikaanse president. De dikste van het tweetal: 'Daar moet je toch niet aan denken, dan is die gast tot zijn zesentachtigste aan de macht.' Waarop de dunne reageerde: 'Flauwekul, hoezo te oud? Iemand die zijn leven lang mentaal is uitgedaagd staat er op latere leeftijd toch anders voor dan iemand die juist altijd voor de veiligste weg kiest? Je leefstijl is toch afhankelijk van hoe je altijd met je lijf bent omgegaan. Ouder worden heeft dan toch eigenlijk alleen maar voordelen. Een ouwe lul is meestal rustiger en milder, dat lijkt me voor zo'n politicus niet onbelangrijk.' 'Ik ben niet de enige die die Biden een ouwe knar vindt,' antwoordde de dikke. 'Ruim zeventig procent van de Amerikanen wil die gast niet meer. We zullen zien.' 'Dat klopt,' zei de minder dikke, 'maar voor hoelang nog?'

Iedereen slijt anders, denk ik. Ben niet veel jonger dan Amerika's *first man*. Opmerkelijk eigenlijk dat de leeftijd van artiesten zelden een onderwerp van discussie is. Ik ken stokoude dirigenten die na hun dood nog jaren met veel succes gedirigeerd hebben. Ben net achtenzeventig geworden. De gedrevenheid is niet veranderd, mijn knieën wel.

Las vanochtend bij het ontbijt een antwoord over een leeftijdsvraag van een forensisch arts op jaren. 'Voor mij is de nieuwsgierigheid een motor. Houdt me als het ware jong. Ik wil weten hoe dingen in elkaar steken.' Wil ik weten, moet ik kunnen, fietsen, hardlopen, trappen op. In zijn geval een bijdrage leveren aan waarheidsvinding en kennisoverdracht. Zo kan hij een beetje van betekenis zijn. Een schakeltje dat andere schakels in beweging zet. De arts heeft minder moeite met de dood dan ik. 'Herman,' zegt de stem van mijn opa in mijn hoofd, 'je bent tot stof gemaakt en zult tot stof terugkeren. Zo staat het in de Bijbel.' Zo lees ik dat ook. Je bent energie die weer opgaat in het geheel. Zo gaat er niets verloren. Het leven samengevat in een simpele natuurwet. Dat moge dan zo zijn, maar we gaan er alles aan doen dat opgaan in het geheel voorlopig nog even uit te stellen.

'Ben ik dood?' vroeg ik aan de enorme vrouw achter het reusachtige bureau. 'Wat denkt u zelf?' Ik knikte. 'Ziet u,' zei ze, 'het is logisch, de meeste mensen zien er nogal tegen op, maar uiteindelijk valt het altijd weer mee. Pijn is het eerste wat je hersenen je doen vergeten.' 'Werkt mijn brein dan nog?' 'Ja, maar op een andere manier dan u denkt. Dat wordt u later nog uitgelegd. Wat was uw naam?' 'Ik heette Herman. Mijn ouders noemden mij Herre, of jochie toen ik nog een jongetje was. Hermannus met twee n'en Jantinus van Veen. Allebei mijn opa's heetten Herman. Jantinus komt van mijn vader en zijn moeder. Zij heette Jantien. Mijn vader met zijn voornaam Jan. Moet u niets opschrijven of typen?' vroeg ik de vrouw. 'Nee, hoor, alles is opgeslagen.' 'Wel, ik laat u nu. Iemand komt u zo ophalen.' 'Waar ga ik...?' Te laat. De vrouw viel letterlijk voor mijn ogen dwarrelend uiteen, in een soort schitterend stof terwijl een onzichtbaar orkest een slotakkoord speelde. Ik ging er bijna helemaal in op.

Daar zat ik, waar zat ik? Keek om me heen. Hoog boven mij was een wit balkenplafond dat leunde op zware oude binten. Links en rechts verbluffend grote vensters die uitkeken op Central Park. Onder mij een vloer waarop gedrukte reuzenletters stonden. Moest op mijn kingsize stoel klauteren om ze te kunnen lezen: 'Als je,' las ik, 'eeuwig wilt leven moet je een persoon in een boek worden.'

Het was een stroomstoring, de computers doen het weer. Sorry voor het oponthoud. Liet mijn gedachten voor wat ze waren. Keek naar de doktersassistente, die vlijtig aan het typen was. Lettertjes verschenen op computerschermen. 'Gebruikt u medicijnen?' 'Naast die ik van u kreeg niet,' antwoordde ik. 'Gebruikt u medicijnen?' vroeg ze lichtelijk geïrriteerd. Haalde mijn plastic zak met mijn drie doosjes tevoorschijn. Las voor haar als een gregoriaanse tekst op wat er op de labels stond. Acetylsal, Pantoprazol, Rosuvastatine, Amen. Ze kon er niet om lachen. 'Gaat u even liggen, overhemd uit, dan maak ik een ECG en meet ik uw bloeddruk. Wel, die kan er wat van,' mompelde ze even later. 'U kunt uw overhemd weer aantrekken en terug naar de wachtkamer. De dokter komt u zo halen.' Even later zat ik naar twee deuren te staren als een naar water snakkende vetplant. TOILET BEZOEKERS, TOILET MEDEWERKERS. Ging met mijzelf een weddenschap aan uit welke deur wat of wie het eerst zou komen. Beloofde mij voor de goede gok een softijsje, tenminste als ik hierna uit dat hartcentrum naar huis mocht.

De dokter keek mij even aan. 'Alles goed?' vroeg hij. 'Alles goed,' zei ik. 'Geen klachten?' 'Geen klachten.' 'Mooi. Wel, het bloed is goed, ECG prima, de bloeddruk als vanouds, onder de indruk van witte jassen. Thuis graag blijven meten. Ik zie u graag over een halfjaartje weer terug, goedemiddag.' Opgelucht liep ik de trap af, de zon in en ik zwaaide naar mijn schaduw. Blij nog geen persoon in een of ander boek te hoeven worden.

Zie je van de liefde iets terug in de hersenen, vroeg iemand op de radio aan iemand op weg naar huis. Een ander vertelde over twee op elkaar verliefd geworden neurowetenschappers. Ze wisten allebei dat als ze knuffelden oxytocine vrijkomt. Ze wisten dat, als ze elkaar in de ogen keken, ze hun spiegelneuronensysteem activeerden. Dat helpt om de intenties van de ander te begrijpen. Ook wisten ze dat, als ze in gesprekken overeenkomsten tussen hen probeerden te vinden, ze in feite bezig waren hun 'overlap' te meten. De voorspeller van hoe gezond een relatie is. Ze leerden dat liefde net zo noodzakelijk voor je welzijn is als lichaamsbeweging, gezond voedsel en schoon water. En in elkaars armen vergaten ze dat alles.

Ook begrepen ze dat als mensen om iets rouwen hun waarschuwingscentrum van de hersenen, de amygdala, heel actief wordt, je constant alert op gevaar bent. Je lichaam bevindt zich voortdurend in een vecht- of vluchttoestand. Moet denken aan hoe ik daar zo-even bij de dokter zat. Bij de meeste mensen trekt dit na verloop van tijd weg, maar sommige mensen blijven hangen in wat ze gecompliceerde rouw noemen.

Liefde is noodzakelijk voor ons welzijn. Wat doe je als die liefde wegvalt? Ik maak – weet het niet zeker omdat mijn 'wegvoorspeller' met haar stemgeluid telkens het gesprek onderbreekt – op dat de mannelijke neurowetenschapper overleden is. Zijn weduwe zegt daarover, vertelt een stem: 'Ten eerste moet je het accepteren. Ik ontdekte dat dat voor mij de enige manier was om mijn man bij me te houden. Ik moest eerst onder ogen zien dat hij er niet meer was, dat hij een herinnering was. Ik vond dat ondraaglijk, pijnlijk en doodeng.'

Er wordt vervolgens verteld dat zij die periode doorgekomen is dankzij de wetenschap. Ze wist bijvoorbeeld dat ze in haar diepste rouw niet kon vertrouwen op haar verstand, maar dat ze op haar lichaam moest vertrouwen. Elke dag rende ze daarom zo'n negen kilometer. Dat hielp. Ze wist uit eigen onderzoek dat liefde voor een sport of een andere hobby een vergelijkbare reactie in de hersenen teweegbrengt als romantische liefde, maar van een andere intensiteit.

Liefde is een biologische noodzaak, maar het hoeft niet de liefde te zijn voor een levend wezen dat nu bij je is. Je kunt ook liefde voelen voor de natuur of voor een hobby. Je kunt helemaal gek zijn van vioolspelen en daar alles over willen weten, dat werkt ook voor je brein. Daarom ziet ze liefde als een keuze. Natuurlijk, het is iets wat ons ook overkomt. Maar dat sluit niet uit dat je je geest ook kunt helpen door te trainen om het positieve te zien. Je brein is een sociaal orgaan, je kunt je verbonden voelen met anderen. Je kunt liefde voelen voor van alles en dat helpt.

Liefde als een keuze. Parkeer mijn auto voor de deur, maar vergeet uit te stappen. Mijn gedachten dwalen naar de Kievitdwarsstraat, waar ik geboren ben. Schuin tegenover ons woonde een huisschilder die twee dochters had: Truus, mooi, en Dineke, zeker zo mooi. Laatst vertelde iemand mij dat er ooit op aarde voordat er ook maar iets groeide of leefde al geurmoleculen rondzweefden. De bloemen daarna als het ware op de geur afkwamen. Ze toen de keuze hadden: welke geur vind ik de lekkerste. Dat was lang voor de komst van onze voeten.

Eerst was het lente en toen waren er Truus en Dineke, daarna ontstond de keuze. Op wie zou ik verliefd kunnen worden? Het antwoord zat hem in de petticoats.

Voor de jongere lezers: een petticoat is een kledingstuk voor dames dat vooral gedragen werd in de jaren vijftig. Het is een onderrok bestaande uit diverse lagen ruime, klokkende stof, in eerste instantie van gesteven katoen, later van het toen nieuwe materiaal nylon. Er waren destijds alle mogelijke varianten: dans-petticoats, trouw-petticoats, kermis-petticoats en mode-petticoats. De petticoat bestond al in de achttiende eeuw, modehuis Dior vond het kledingstuk als het ware opnieuw uit.

Was, omdat ik mij geen fietsenmaker kon permitteren, voor de deur in de weer mijn gebroken fietsketting te repareren toen Dineke en Truus in hun, voor de aap in mij, uitdagende petticoats naar buiten kwamen. De klokken van de Dom stopten met slaan. Vogels hielden op slag hun snavel. De herdershond onder de hondenkar van de scharensliep slikte zijn blaf in. De lippen van de dikke man verloren zijn sigaar. Mijn hart nog niet zo gebroken als mijn ketting.

Daar was het voorjaar op vier ranke benen van hoogsteigen persoontjes. De onsterfelijke vruchtbaarheid. De biologische orde in zachtroze en mintgroen. Iemand draaide aan een knop op een transistorradio, de *King of Rock* verhief zijn zwoele stem. De zon denderde over de goten haar lichtval op de stoep, met droge mond verdronk ik in een golf, oxytocine weet ik nu. Godallemachtig, wie van die twee wonderen wil ik kiezen? Dat is onmogelijk. Ik wil ze allebei als de moeders van onze kinderen, als de hoeders van mijn bejaarde jaren. Zoveel liefde goed voor meer en meer barstensvolle gezonde jaren. Weg met de postzegels, de sigarenbandjes, de stripboeken, autoplaatjes en die van de filmsterren in de pakjes kauwgom. Ik ga vanaf vandaag mijn leven lang en langer alleen nog lentes sparen.

ALLES WAT JE LIEFHEBT

tussen ongevraagd advies
en meervoudig aanwezig
ligt
boven overprikkeld brein
op de toonbank
van de boekenwinkel

alles wat je liefhebt
wordt mooi

met poppetjes van papier
bonte bloemen op het kaft

mijn dag is goed
dank je wel mevrouw de dichter

ik ken je niet
maar hoe dan ook
ik hou nu al
ongekend van jou

dit is wat ik nodig had
het regent dat het giet
de wereld is de wereld niet
zoals je haar zou willen zien

je dacht nog
op je ouwe dag
wat is de zin
van meer en meer
van groter groter groter

dat sneller sneller hoger
hoeveel is genoeg
je kocht een krant en zag

wat je liefhebt
alles wat je liefhebt
wordt mooi

Aantekeningen

* Pag. 47: *De aarde gaat dood* is een tekst van Inez van Dullemen die ze waarschijnlijk in 1975 schreef.

* Pag. 50: Vrij naar de brief die Wim Hofman ooit aan God schreef in zijn boek *Zwart als inkt*.

* Pag. 62: *Schlaflied* is een tekst van Selma Meerbaum-Eisinger. Zij was een in Roemenië geboren Duitstalige en Joodse dichteres, op 5 februari 1924 in Czernowitz gebo-

ren. De vader van Selma, Chaim Meir (Max) Meerbaum, overleed twee jaar na haar geboorte, waarna haar moeder, Friederike Schrager, hertrouwde met Leo Eisinger. Vandaar de achternaam Meerbaum-Eisinger. Op jonge leeftijd ging zij literatuur studeren en in 1939 begon ze poëzie te schrijven. Ze was een bekwaam vertaalster, die kon vertalen tussen het Frans, Roemeens, Jiddisch en haar moedertaal Duits. In 1942 werd zij met haar familie gedeporteerd naar het werkkamp Mikhailovka in Transnistrië (Moldavië). Selma Meerbaum-Eisinger overleed op 16 december 1942 in Mikhailovka aan vlektyfus. Haar werk bestaat uit 57 gedichten, die met potlood werden geschreven en met de hand gebonden in een bundel getiteld *Blütenlese* (Engelse uitgave: *Blossom Vintage/ The Reaping of Blossoms*). De gitariste Edith Leerkes en ik schreven ooit muziek op Selma's teksten. We reisden daarmee langs vele Europese synagogen (*Songs in the distance*).

Pag. 75: Indische uitgave
Uitgeverij J.B. Wolters wilde haar vleugels ook in Nederlands-Indië uitslaan. Daarom werd voortvarend besloten bekende leesseries van Ligthart en Scheepstra voor het Nederlandstalige onderwijs in de tropen geschikt te maken. Niet alleen *Ot en Sien*, *Pim en Mien* en *Dicht bij huis*, maar eveneens *Hoogeveen's verbeterde leesme-*

thode moest worden aangepast. Zo zou er zelfs een Indisch leesplankje komen met nieuwe woorden, jaap, gijs, dien, zus... Dat de boekjes puur Hollands waren, hoefde volgens de uitgever geen enkel bezwaar te zijn. Aan A.F.Ph. Mann, hoofd van een lagere school in Batavia, werd gevraagd verschillende uitgaven te verindischen. Ook *Ot en Sien* zou een gedaantewisseling ondergaan. Het was noodzakelijk dat het Hollandse karakter verdween en dat de verhaaltjes zich tegen een Indisch decor gingen afspelen. Het is verbazingwekkend te zien hoe de bewerker zich van zijn bijna onmogelijke taak heeft gekweten, hoe hij die oer-Hollandse verhalen tropisch heeft ingekleurd.

Re-ke-tek, tek, tek! Re-ke-tek, tek, tek!
Zoo gaat het maar al-door.
Daar komt een klong-tong het erf op ge-stapt.
Ach-ter hem een koe-lie met twee man-den.
De koe-lie zet de man-den bij de trap neer!

Hij schijnt erg moe te zijn.
'Ba-rang ba-goes, njon-nja!' zegt de Chinees.
Ot komt ook kij-ken. Dat doet hij al-tijd,
als er een klong-tong komt.
'Wat heeft die man weer een rom-mel bij zich,' zegt
Ma-ma.

En wat is er veel in de mand! Knoo-pen, een wek-ker, stuk-ken zeep, ve-ters, een heel klein muur-lamp-je, doos-jes met schoen-smeer, pot-loo-den, slof-fen, kam-men.
En nog meer.
Ma-ma wil voor Pa-pa een do-zijn knoo-pen koo-pen.
Maar de Chi-nees vraagt zes-tig cent.
Dat is veel te duur.
Ma-ma biedt der-tig.
De Chi-nees doet net, of hij kwaad is.
Maar Ma-ma wil niet meer ge-ven.
'Soe-dah,' zegt de Chinees ein-de-lijk.
En hij mom-pelt: 'Ter-la-loe.'
Zoo'n slim-merd!
Voor Ot koopt Ma-ma nog ve-ters voor zijn schoe-nen.

In Holland zoeken de kinderen kas-tan-jes, in Indië pit-ten die aan een djam-boo mon-jet zit-ten.

* Pag. 81: Uit *Zwart als inkt* van schrijver-tekenaar Wim Hofman.

* Pag. 129: Een variant op het liedje van Koos Speenhoff 'Brief van een moeder aan haar zoon'. 'Mijn lieve zoon, je moeder laat je weten...'

* Pag. 153: Tekst en muziek: Willy van Hemert/Dick Schallies. Uitvoering: Zwarte Riek.

Elisabeth Andersen, pseudoniem van Anna Elisabeth de Bruijn (Den Haag, 1 januari 1920 – Haarlem, 3 oktober 2018) wilde van jongs af aan al actrice worden en ging van 1941 tot 1943 naar de Amsterdamse toneelschool, maar maakte deze nooit af omdat ze bang was voor de *Arbeitseinsatz* te worden geronseld. In de oorlog nam ze de artiestennaam Elisabeth Andersen aan. Vervolgens debuteerde ze bij het Gemeentelijk Theaterbedrijf van Amsterdam. Van 1947 tot 1974 speelde ze bij de Haagse Comedie, in 1961 onderbroken omdat ze bij haar gezin wilde zijn. De periode bij de Haagse Comedie vond zij de belangrijkste in haar carrière. In 1984 nam ze afscheid van het toneel. Andersen won de Theo d'Or in 1958, 1966 en 1984. Daarmee is ze de enige actrice die de prijs drie keer wist te winnen. Ze overleed in 2018 op achtennegentigjarige leeftijd. Over haar leven is een biografie geschreven door Brigit Kooijman. Elisabeth hield reuzeveel van Ierland. Nu nog als ik beelden zie van dat groene land hoor ik in mijn hoofd haar stem: 'En toen gingen wij...'

Bronnen: https://www.volkskrant.nl/cultuur-media/elisabeth-andersen-oude-actrice-kijkt-terug-op-haar-

LEVEN~B64B7B19/. https://nl.wikipedia.org/wiki/ Elisabeth_Andersen

Godfried Jan Arnold Bomans (Den Haag, 2 maart 1913 – Bloemendaal, 22 december 1971) was schrijver, columnist en mediapersoonlijkheid. In zijn schooltijd was Bomans redacteur van diverse schoolkranten en publiceerde hij korte verhalen. Hij studeerde rechten en was redacteur van het rooms-katholieke studentenblad *De Dijk*. Godfried Bomans werd bij het grote publiek vooral populair als literair schrijver door zijn roman *Erik of het klein insectenboek* (negen herdrukken in het verschijningsjaar 1941) en na de Tweede Wereldoorlog met de strip *Pa Pinkelman* in *de Volkskrant* en weer wat later met zijn columns op de voorpagina van diezelfde krant. Bomans was een groot kenner van het werk van Charles Dickens. Hij speelde een belangrijke rol bij het tot stand komen van de vertaling in het Nederlands van het complete werk van Dickens. Bomans heeft meer dan zestig boeken en vele andere geschriften op zijn naam staan, maar kreeg tijdens zijn leven weinig officiële erkenning. Hij overleed op achtenvijftigjarige leeftijd aan de gevolgen van een hartaanval.

Bronnen: https://nl.wikipedia.org/wiki/Godfried_Bomans. https://www.godfriedbomans.nl/godfried-bomans/

Mies Bouwman (Maria Antoinette Bouwman) (Amsterdam, 31 december 1929 – Elst, 26 februari 2018) was een televisiepresentatrice, in mijn optiek de liefste ooit. Ze maakte in 1951 haar televisiedebuut als omroepster bij de KRO en werkte vervolgens voor de AVRO en de VARA. Ze verwierf grote faam toen ze in 1962 de eerste grote liefdadigheidsactie op televisie presenteerde, *Open het dorp*, en met de 'emmertjes'-actie voor Unicef waarin ik voor het eerst bij haar te gast was. Ze presenteerde shows als *Mies en scène* en het spraakmakende *Zo is het toevallig ook nog eens een keer*. Ze werd driemaal onderscheiden met de Televizier-Ring. In 1993 stopte ze met haar televisiewerk. Ze kwam daarna nog geregeld in de publiciteit, onder meer doordat ze kinderboeken schreef. In 2013 overleed haar man Leen Timp, met wie ze bijna zestig jaar getrouwd was geweest en met wie ze vier kinderen had. Mies Bouwman overleed in 2018 op achtentachtigjarige leeftijd.

Bronnen: https://nos.nl/artikEL/2219603-TV-LEGENDE-mies-bouwman-88-overleden. https://nl.wikipedia. org/wiki/Mies_Bouwman

Riwka Bruining, geboren op 1 april 1925, publiceerde na haar kandidaatsexamen rechten vooral in *Vrij Nederland* en *Het Parool*. Ze schreef teksten voor onder anderen Wim Sonneveld, Paul van Vliet en mij. Eerder schreef ze al een cabaretlezing en een kinderboek. In 1974 publiceerde ze haar romandebuut *Droge boterham met affectie*. Ze overleed op 1 april 1976 in Waalre. Riwka Bruining was een dochter van prozaïst, dichter, jeugdboekenschrijver, bibliothecaris en mystificateur Josef Cohen.

Bronnen: Achterflap Riwka Bruining, *Droge boterham met affectie*. https://www.nederlandsepoezie.org/dichters/c/cohen_josef.html. https://www.dbnl.org/ auteurs/ AUTEUR.PHP?ID=BRUI018

Simon Johannes Carmiggelt (Den Haag, 7 oktober 1913 – Amsterdam, 30 november 1987) was journalist, schrijver en dichter. Hij ging naar de Handelsschool, maar behaalde geen diploma. Op jonge leeftijd werd hij volontair bij het Haagse dagblad *Het Vaderland*. Daarna ging hij aan de slag als leerling-verslaggever bij *Vooruit*, het Haagse kopblad van de socialistische krant *Het Volk*. Tijdens de oorlog raakte Carmiggelt betrokken bij de illegale krant *Het Parool*. Na de oorlog verscheen voor het eerst Carmiggelts column onder de titel 'Kronkel' in *Het Parool*. Vanaf 1965 las Carmiggelt ook elke week een Kronkel voor op televisie bij de VARA. In de laatste jaren van zijn leven schreef Carmiggelt niet meer. In 1987 werd bij hem diabetes vastgesteld. Hij overleed in november van dat jaar aan zijn tweede hartaanval, enkele weken nadat een eerste hem al verzwakt had.

Bronnen: https://literatuurmuseum.nl/nl/overzichten/activiteiten-tentoonstellingen/pantheon/simon-carmiggelt. https://nl.wikipedia.org/wiki/ Simon_Carmiggelt

To Doornekamp was mijn vioolleraar tijdens mijn middelbareschooltijd. Zes jaar lang kreeg ik vioollessen van haar; eerst op de muziekschool, daarna in haar appartement. Ze bereidde me voor op het toelatingsexamen van het Utrechts Conservatorium. Het is onbekend hoe het verder met haar is gegaan.

Willem Duys (Bussum, 17 augustus 1928 – Hilversum, 2 juni 2011) was een radio- en televisiepresentator en muziekproducent. Duys schreef in diverse muziekbladen en werd wegens zijn vakkennis uitgenodigd om een optreden van Johnnie Ray voor de AVRO aan te kondigen. Zo maakte hij op 1 juli 1959 zijn debuut als televisiepresentator. Duys werd bekend door de kom met de goudvis op zijn presentatietafel, door zijn vaderlandsliefde, door zijn muzikale primeurs en door zijn eeuwige rivaliteit met VARA-tegenhangster Mies Bouwman. Hij draaide ooit mijn eerste singletje twee keer in dezelfde uitzending, waarop mijn vader reageerde met: 'De eerste keer wellicht niet goed geluisterd.' Op televisie presenteerde hij onder andere *Voor de vuist weg* en het *Grand Gala du Disque*. Op de radio was Duys op zondag te horen met zijn programma *Muziekmozaïek*. Op 27 juni 1999 nam Duys afscheid na een carrière van veertig jaar als presentator van de AVRO. Hij overleed in 2011 op tweeëntachtigjarige leeftijd. Edith Leerkes en ik speelden op zijn begrafenis Schuberts *Du bist die Ruh*'.

Bronnen: https://www.beeldengeluid.nl/tilt/willem-duys-een-fenomeen#muziek-en-willem-duys. https://theaterencyclopedie.nl/wiki/Willem_Duys. https:// nl.wikipedia.org/wiki/Willem Duys

Liselore Gisbertha Ilse Margaretha Gerritsen (Wichmond, 14 oktober 1937 – Woubrugge, 25 november 2020) was actrice, zangeres, cabaretière, tekstschrijfster en componiste. Ze begon haar carrière tijdens haar studententijd in Leiden. Paul van Vliet en Floor Kist, ook beiden Leidse studenten, hoorden haar zingen in een café en vroegen haar of ze mee wilde werken aan het door hen opgerichte Leidsch Studenten Cabaret. Met deze groep speelde ze in die jaren met veel succes zowel in Nederland als over de grens. Later trouwde ze met Paul van Vliet en samen met Ferd Hugas, Judith Bosch en de pianist Rob van Kreeveld richtten ze in Den Haag Theater PePijn en een cabaretgroep op. Na het opheffen van Cabaret PePijn maakte ze deel uit van het theaterprogramma *Namens Jacques Brel*, met onder anderen Henk van Ulsen. Gerritsen stond vaak op het podium met onder anderen Ramses Shaffy en ondergetekende. Vanaf de jaren tachtig koos ze een andere weg: ze ging lezingen geven en voordragen uit eigen werk. Hoewel dit haar goed beviel, nam ze in 2004 toch weer een cd op: *Liselore* NU, met muziek van Bart Wolvekamp. Ze overleed op drieëntachtigjarige leeftijd.

Bronnen: https://theaterencyclopedie.nl/wiki/Liselore_Gerritsen. https://nos.nl/artikel/2358226-zangeres-en-cabaretiere-liselore-gerritsen-overleden. https://nl.wikipedia.org/wiki/Liselore_Gerritsen

De op 17 december 1916 in Sittard geboren Toon Hermans was cabaretier, zanger, kunstschilder en dichter. In 1942 begon Hermans in het Leidsepleintheater in Amsterdam bij het ensemble van Carl Tobi en van 1946 tot 1952 speelde hij bij Theater Plezier van Floris Meslier. In 1956 presenteerde Hermans als eerste artiest in Nederland een onemanshow waarin hij geheel alleen een avond vulde. Deze nieuwe theaterformule sloeg zo goed aan dat hij in de jaren die volgden een elftal onemanshows zou maken. Naast het theater en het schrijven (van zijn hand verschenen inmiddels zo'n dertig boekjes waarvan ruim twee miljoen exemplaren werden verkocht) is schilderen altijd de grote liefde van Toon Hermans gebleven. Hij overleed in Nieuwegein op drieëntachtigjarige leeftijd. Toon, voor mij meneer Hermans, was, net als Tommy Cooper en Charlie Chaplin, een inspirator voor mij. Bij donker weer mag ik graag aan hen denken.

Bronnen: https://nl.wikipedia.org/wiki/Toon_Hermans. https://toonhermans.nl/. https://www. schrijversinfo.nl/hermanstoon.html

Mijn mentor de cabaretier Wim (Willem Cornelis) Kan werd op 15 januari 1911 in Scheveningen geboren als zoon van de latere minister Kan van Justitie. Hij wordt samen met Toon Hermans en Wim Sonneveld beschouwd als De Grote Drie van het Nederlandse cabaret van de jaren vijftig, zestig en zeventig van de twintigste eeuw. Na de niet voltooide toneelschool speelde hij als acteur van 1931 tot 1935 bij het gezelschap van Cor Ruys. In 1936 richtte hij samen met zijn vrouw Corry Vonk het succesvolle ABC Cabaret op. Kan geniet vooral bekendheid als grondlegger van de oudejaarsconference. In die jaren vijftig hield hij die voor de VARA-radio. Ondanks de grote aandrang die op hem werd uitgeoefend, durfde hij pas in 1973 zijn traditionele oudejaarsconference op de televisie te brengen. De laatste verzorgde hij op 31 december 1982. Hij overleed op 8 september 1983 in een ziekenhuis in Nijmegen, waar hij enkele dagen eerder was opgenomen wegens oververmoeidheid.

Bronnen: https://bkdh.nl/kunstwerken/wim-kan-en-corry-vonk/. https://theaterencyclopedie.nl/wiki/ Wim_Kan

Peter Lohr (1933-1983) was een cabaretier en theaterdirecteur. Lohr werkte mee aan het Amsterdamse Studentencabaret, de Amsterdamse Studententoneelvereniging en het cabaret van Jaap van de Merwe, trad op met Rob van Reijn, was te zien en te horen in tal van amusementsprogramma's op radio en televisie (VARA en VPRO) en hij schreef teksten. Lohr werd landelijk bekend door zijn medewerking aan het satirische VARA-programma *Zo is het toevallig ook nog eens een keer* (1963-1966). Hij was van 1965 tot zijn vroege dood directeur van de Stadsschouwburg en het Concertgebouw in Haarlem.

Bronnen: https://theaterencyclopedie.nl/wiki/Peter_Lohr. https://nl.wikipedia.org/wiki/Peter_Lohr

Giuseppe (Yussef) Mustacchi (Alexandrië, 3 mei 1934 – Nice, 23 mei 2013), beter bekend als Georges Moustaki, was een Grieks-Joodse zanger en componist. In 1951 trok hij naar Parijs, waar hij werkte als journalist en barkeeper. In deze tijd veranderde hij zijn naam in Georges Moustaki. Die nieuwe voornaam was een hommage aan Georges Brassens. De jonge Griek begon chansons te schrijven voor grootheden als Barbara en Yves Montand. Voor de veel oudere Édith Piaf, met wie hij korte tijd een verhouding had, schreef hij in 1959 de tekst van de hit *Milord*. In 1968 brak Moustaki zelf internationaal door als zanger met het door hemzelf geschreven *Le Métèque*. Sindsdien heeft Moustaki veel bekende liederen opgenomen, vooral in het Frans, maar ook in het Italiaans, Hebreeuws, Grieks, Engels, Spaans en Jiddisch. Hij overleed in Nice op negenenzeventigjarige leeftijd. Georges vertaalde voor mijn eerste voorstellingen in Parijs een aantal liedjes uit het Nederlands naar het Frans. Uit zijn handen ontving ik de Prix de la Francophonie en de Grand Prix de l'Académie Charles Cros. 'Herman,' schreef hij ooit, 'in jou herken ik de wijsheid van de hofnar en de brutaliteit van de moralist wanneer jij net doet of je slechts één doel hebt: ons vermaken.'

Bronnen:https://theaterencyclopedie.nl/wiki/Georges_Moustaki. https://nl.wikipedia.org/wiki/Georges_Moustaki

Ramses Shaffy (Neuilly-sur-Seine, 29 augustus 1933 – Amsterdam, 1 december 2009) was chansonnier, componist, liedjesschrijver en acteur. Zijn eerste levensjaren bracht hij door in Cannes, samen met zijn alleenstaande moeder, een Poolse gravin van Russische afkomst. Zijn vader, een Egyptische diplomaat, zou Ramses pas een halve eeuw later voor het eerst ontmoeten. Ramses ging naar de Toneelschool en kon daarna als acteur aan de slag bij de gerenommeerde Nederlandse Comedie. De jeune premier deed er menig hart sneller kloppen. Zijn rol als Arend in Vondels *Gijsbrecht* werd legendarisch. In 1964 richtte hij Shaffy Chantant op, een theatergezelschap waarin talentvolle jongeren als Liesbeth List en Louis van Dijk naam zouden maken. Met Liesbeth List nam hij in 1968 onder andere het lied *Pastorale* op. In de jaren daarna toerden ze door Nederland en Vlaanderen. Hun tienjarig samenzijn werd gevierd met de lp *Samen* (1976) en een nieuwe theatertournee. Ook speelden beiden in de televisiefilm *De Liefdeswacht* (1974). Shaffy trad vanaf begin jaren tachtig ook weer op als acteur, zowel in films als op de planken. Op 1 december 2009 overleed Ramses Shaffy op zesenzeventigjarige leeftijd. Heb met hem gespeeld op tv, in een film, gegalmd in kroegen. Ramses was een hevige man. Alles om hem heen was spannend. In elke verte zag hij taferelen die zomaar konden gaan gebeuren. Misschien was hij wel een neef van wijlen Don Quichot.

Bronnen: https://www.nporadio2.nl/muziek/ARTIESTEN/FCB42E17-A8B2-4239-8287-C3F049A98996/ramses-shaffy. http://www.shaffy.nl/ramses.html. https://nl.wikipedia.org/wiki/Ramses_Shaffy

'Tja, het is zover... Helaas. Paul van Vliet (87) is gestorven. De meest stijlvolle onder onze entertainers, meer dan zestig jaar,' schreef Jacques J. d'Ancona in *Dagblad van het Noorden*.

Zijn afscheidslied had hij paraat. 'Als 't zover is, laat mij dan thuis. Dat jij niet op bezoek komt, maar er bént. Mijn eigen bed en jouw intensive care. Ik zit te zeuren hoor, het is nog niet zover.'

Liefdevol en bezorgd. Zijn publiek karakteriseerde hij als 'de parelketting en de spijkerbroek'. Hij was een entertainer van de buitencategorie. Probeerde te relativeren met een motto als 'Ik ben zo vaak opnieuw begonnen', stopte jaren geleden al met grote shows, maar bleef optreden. Zijn zondagmatinees in de Koninklijke Schouwburg in Den Haag werden een trekpleister, weken achtereen. Daar was hij ooit begonnen met Cabaret PePijn, dat speel- en oefenplaats werd voor de collega's.

Van Vliet volgde de ontwikkelingen in het vak op de voet, adviseerde en stimuleerde. Hij was een typische Hagenaar, een man van stand, zo te zien. Hoewel. Ik ben de weg kwijtgeraakt in Den Haag. 'Van Vliet vertelde graag over zijn Friese roots – de familienaam komt ervandaan – en over zijn eigen Friese verleden, hoe hij als jongetje van negen in de Hongerwinter met het laatste kindertransport naar Friesland kwam. Hij werd als een zoon opgenomen in het gezin van wagenmaker-timmerman Kuiper in Garyp. Paul noemde zich Pauke Vlietstra en leerde in een paar maanden Fries spreken. Hij was een vorstelijk ogende, imponerende figuur met een grijze kop in een lange, zwarte jas. Zware zang- en spreekstem.

Willem Wilmink (Enschede, 25 oktober 1936 – Enschede, 2 augustus 2003) was neerlandicus en vooral dichter, schrijver en zanger. Zijn grootste bekendheid kreeg hij door de vele liedbijdragen aan populaire kinderprogramma's. Hij werd geboren in Enschede en studeerde Nederlands en geschiedenis aan de Universiteit van Amsterdam. Van 1960 tot 1978 doceerde hij moderne letterkunde. Hij schreef vele liedjes voor musicals en heeft talloze kinderboeken op zijn naam staan. In 1966 debuteerde hij met de bundel *Brief van een Verkademeisje*. Vanaf 1970 vormde hij met Karel Eijkman, Hans Dorrestijn, Ries Moonen, Fetze Pijlman en Jan Riem een schrijverscollectief dat vele bijdragen leverde aan televisieprogramma's als *Het Klokhuis*, *Sesamstraat* en *Kinderen voor Kinderen*.

Bronnen: https://nl.wikipedia.org/wiki/Willem_Wilmink. https://uitgeverijprometheus.nl/auteurs/willem-wilmink/

Erik van der Wurff (De Bilt, 9 juli 1945 – Soest, 22 september 2014) was pianist, componist, producent en dirigent. Van der Wurff studeerde piano, contrabas en dwarsfluit aan het conservatorium in Utrecht, waar hij mij leerde kennen. Naast de samenwerking met mij, onder andere in theatershows, als muziekschrijver en muzikant, werkte Van der Wurff ook met John Denver, Toots Thielemans en talloze Nederlandse artiesten. Als dirigent en componist werkte hij onder meer met het Residentie Orkest, het Radio Filharmonisch Orkest, het BRT Filharmonisch Orkest en de Deutsche Oper am Rhein. Van der Wurff was te zien in de Duitse kinderseries *De Wonderlijke Avonturen* van Herman van Veen en *Herman en de Zes*. Hij schreef filmmuziek voor *Uit elkaar* (1979), *Van de koele meren des doods* (1982) en *Ciske de Rat* (1984). Van der Wurff componeerde tevens muziek voor de animatieserie *Alfred Jodocus Kwak* in samenwerking met Van Veen en Nard Reijnders. Hij viel diverse malen in de prijzen, waaronder een Edison, de Louis Davidsprijs en de Gouden Harp. Op 29 april 2009 werd Van der Wurff geridderd in de Orde van de Nederlandse Leeuw.

Bronnen: https://theaterencyclopedie.nl/wiki/Erik_van_der_Wurff. https://nl.wikipedia.org/wiki/Erik_van_der_Wurff

Boeken van Herman van Veen: *Herinnerde dagen*, *Voor het eerst*, *Dat kun je wel zien dat is hij*, *Moeders*.

Woorden van dank voor:

Letja Verstijnen die dagen naast mij zat en typte terwijl ik hardop nieuwe straten en gezichten verzon.
Edith Leerkes voor de getekende zonnetjes onder sommige alinea's.
Eva Schuurman die woorden verplaatste om de lichtheid vooruit te helpen.
Martine Tjie A Loi voor haar niet-aflatende speurneus.
Fatemeh Derakhshan voor de goede raad.
Saartje Schwachöfer voor het idee en alle puntjes op de i's
Gaëtane Bouchez om haar een en al oor.

Voor de goede orde: alle onnauwkeurigheden en foutjes inzake herinneringen en dergelijke komen uitsluitend voor mijn rekening.

Herman van Veen (1945) groeide op in Utrecht, waar hij ook het conservatorium bezocht. In 1965 maakte hij zijn theaterdebuut met het soloprogramma *Harlekijn (Niemands knecht, niemands baas)*. Sindsdien reist hij met zijn voorstellingen de wereld rond. Van zijn hand verschenen zo'n honderdtachtig cd's, een tachtigtal boeken, twee dozijn toneelstukken en een boel schilderijen. Voor zowel zijn artistieke als zijn humanitaire werk kreeg hij dikwijls bloemen. Zo is hij onder andere drager van het Verdienstkreuz am Band des Verdienstordens der Bundesrepublik Deutschland, Ridder in de Orde van Oranje-Nassau en in die van de Nederlandse Leeuw. Herman heeft een eredoctoraat aan de Vrije Universiteit Brussel. Van de Club van Boedapest ontving hij de Planetary Consciousness Award. In Frankrijk Le Grand Prix de l'Académie Charles Cros de Littérature Musicale. Juni 2021 kreeg hij in Duitsland de Joachim Ringelnatz Literatur Preis. Herman is vader van vier kinderen, grootvader van drie kleinkinderen en stiefvader van de weeseend Alfred Jodocus Kwak en Anne de Poes.

Luister naar *In Vogelvlucht* 1, 2 & 3: